북촌 애기씨

북치는마을

북촌 애기씨

한영숙 지음

머리글

"Den elpizo tipota, Den forumai tipota, Eimai eleftheros"
아무것도 바라지 않는다. 아무것도 두렵지 않다. 나는 자유롭다.
—니코스 카잔차키스 묘비명

하늘에 계신 부모님과 사랑하는 나의 가족들에게 이 글을 바친다.

차례

북촌 팔판동

북촌 팔판동

동춘이

전쟁 후 서울 생활은 참혹했다. 의식주 모두가 인간이 살아가기에 기본을 갖추지 못했다.

우리 식구는 대구 피난살이를 끝내고 비교적 다른 집보다 일찍 서울로 돌아왔다. 지금의 북촌인 화동에서 살았다. 내가 태어난 집은 옆동네 팔판동이다. 전기 사정도 좋지 않아 촛불을 켜놓고 자다가 온 가족이 다 하늘나라로 간 집도 있었다. 아직 수복하지 않은 이웃들의 빈 집이 많았다. 지붕은 주저앉고 마당에는 잡초가 어른 키만큼 자라 있었다. 먹을 것이 부족해서 꽁보리밥도 충분히 먹지 못했다.

기숙사생들의 '감칠맛 나는' 김장하기(1931)

부모님은 남대문 시장에 자리를 잡고 장사를 하게 되었다. 아버지는 성실하시고 엄청 부지런했으며 인자하셨다. 어머니는 성격이 화통하고 매사에 거침이 없으셨다. 어려운 시절임에도 두 분 덕분에 우리 3남매는 잘 자라주었고 좋은 교육도 받을 수 있었다.

몹시 추운 겨울 어머니가 귀가하기 위해 가게 문을 닫고 남대문 지하도를 지나던 중 몇 명의 거지 아이들이 차가운 바닥에 옹기종기 웅크리고 앉아 있는 것을 보셨다. 그 중 제일 어린 애가 내 큰동생보다 한 살 아래인 동춘이었는데 손과 발에 동상이 걸려서 퉁퉁 부어있고 진물이 줄줄 흐르고 있었다. 아마도 동춘이가 7살 전후였을 것 같다.

어머니는 차마 발걸음을 뗄 수가 없어서 그 아이를 우리집으로 데리고 오셨다. 어머니는 '저 애가 오늘밤을 무사히 살아남을 수 있을까? 나도 힘들지만 한 생명 구하자'란 생각뿐이었다고 하셨다. 어머니는 옆방에 세든 아저씨를 시켜서 DDT(살충제)와 아까징끼(빨간 색의 소독약)를 사오라 하셨다. 물을 데워 동춘이 목욕을 시키고 머리에 DDT를 뿌려주고 벗긴 옷은 내다버렸다. 머리와 옷에 이가 득실거렸기 때문이다. 상처난 곳도 치료해 주었고 갑작스런 온도변화에 적응을 못할까봐 일부러 헌 이불로 몸을 감싸서 윗목에다 재웠다.

"상우엄마 거지 주워왔다."고 동네방네 소문이 나고 구경하러 오는 사람도 있었다.

동춘이는 나날이 몸이 회복되고 얼굴도 뽀얘졌다. 방 빗자루질도 하고 콧노래도 곧잘 부르곤 했다. 그렇게 긴 겨울을 보내고 봄이 되었다.

마포나루에서 출발한 당안리 소풍 길(1942)

동춘이 큰 아빠가 부산에서 철공소를 한다는 것을 알게 되었고 여러 가지 방법으로 확인한 후에 동춘이를 그곳으로 데려다 주기로 했다. 큰동생의 구제품을 줄여서 만든 모직코트를 동춘에게 입히고 이발도 시켜서 노잣돈을 챙겨 인편에 보낼 때 어머니가 동춘이의 등을 토닥거려주면서 눈물짓던 모습이 지금도 눈에 선하다.

그리고 또 몇 달이 지나 여름이 되었다. 그날도 어머니는 남대문 지하도를 지나치는데 낯익은 모습의 아이가 그때 그 자리에 쭈그리고 앉아 있었다. 동춘이었다.

수수반자루

전후에 양식은 많이 부족했다. 보리밥은커녕 꽁수수밥도 배불리 먹지 못했다. 매일 수수 한되박씩 사다가 밥을 지어 먹었는데 아버지께서 웬일로 여유가 좀 생기셨는지 그날은 광목자루에 수수를 반 자루 쯤 사주셨다. 4학년 정도 되었을 내가 머리에 이고 가기에는 조금 무거운 듯했다.

남대문 시장에서 북촌의 화동까지는 그렇게 가까운 거리는 아니다. 그러나 교통수단이 없어서 모두 걸어 다녔다.

수수자루를 머리에 이고 타박타박 걸어가는데 지금의 조선

일보 자리쯤 위치에서 어떤 신사 아저씨를 만났다. 안경을 쓰고 양복차림에 멋진 사무원 가방을 들고 있었다. 나를 보더니 "예끼 이년아, 아저씨 보고 인사도 안 하니? 아버지 안녕하시지?"하면서 주머니에서 약병 하나를 꺼내 들며 우리 아버지께 전할 거라고 했다.

우리 두 사람은 전차길이 훤히 내려다보이는 약간 안 동네쪽 담장 밑돌 위에 수수자루를 내려놓고 앉았다. 아저씨는 나에게 심부름을 시켰다.

"저기 전차표 파는데 가면 순자엄마가 있는데 김씨 아저씨가 맡겨 놓은 것 가져오라고 해요"라고 전하라는 것이다.

어린 나이였지만 왠지 미심쩍으며 의심이 가서 심부름 가는 도중에도 자꾸 뒤를 돌아보았다. 못내 수수자루가 걱정이 되었던 것이다.

그 아저씨는 일부러 나를 쳐다보지도 않고 천연스럽게 딴 곳을 바라보고 있었다. 괜한 의심을 했구나 생각하니 아저씨께 미안했다.

두딸의 가족과 아들

전차 매표소에 가보니 순자엄마라는 사람은 없었다. 아차하는 순간 황급히 그 자리로 되돌아 와보니 신사 아저씨와 수수자루는 사라지고 없었다.

오후 시간인데 동네 아이들은 이 골목 저 골목에서 재잘거리며 뛰어 놀고 있었고, 나는 허둥대며 아저씨를 찾아보았지만 헛탕이었다. 무거운 발걸음으로 다시 남대문시장 아버지 가게로 가서 전후 사정을 말씀드리고 이번에는 수수 한되박만 사가지고 집으로 돌아왔다.

그날 저녁 아버지께서 밥상을 물리시며 "그래 오늘 좋은 일 했구나. 오죽하면 그랬을라구."하시면서 허탈하게 웃으셨다.

극심한 가난에 시달리면서도 마음의 여유를 가지셨던 아버지, 어머니.

가난했지만 행복했던 그 시절!

나이가 들어갈수록 더욱 그리워지는 부모님 뵙고 싶습니다.

작은 심청

아버지는 며칠째 배가 많이 아프셨다. 맹장이 곪아서 복막염이 된 것을 모르고 동네 병원에서 시간을 허비했다.

1950년대 초반이라 전쟁의 상흔이 가시지 않은 상태였지만 서울거리는 나름대로 활기를 띄며 시민들은 열심히 먹고 살기에 바빴다. 정보나 의학상식이 많이 부족했던 시절이었으나 엄마의 기지로 배를 움켜쥐고 데굴데굴 구르는 아버지를 택시에 태우고 운전기사님에게 "서울에서 제일 좋은 병원으로 데려가 달라"고 부탁하셨다.

곧 중구 저동에 있는 백병원에 입원을 하고 보증금을 두둑히 냈다. 그 시절 모든 큰 병원들은 보증금을 내지 않으면 환자를 받지 않았다. 의료보험제도 같은 것은 꿈도 못 꾸던 때였으니 까. 환자가 치료만 받고 도망칠까봐 그랬던 것 같다.

'병원 갈 때는 옷을 잘 입고 가야한다'라는 웃지 못할 이야기 도 있었다. 사람의 겉모습으로 판단받아 불이익을 받지 말자는 뜻이다.

아버지의 수술은 잘 되었으나 뱃속에 고름이 차 있어서 살을 봉합할 수가 없기에 거즈와 가는 호수를 박아서 뱃속의 이물질 을 체외로 흘러나오게 하는 방법밖에는 없었다.

자연히 새살이 돋아나기를 기다리다 보니 입원기간이 길어 졌다.

가장이 몇 개월씩 입원하고 있으니 엄마는 생활비와 병원비 를 감당하느라 바쁘게 뛰셨다. 타고난 수완과 능력으로 장사를 해서 이 모든 것을 잘 해결하셨다. 그래서 어쩔 수 없이 맏딸인 내가 아버지 간병을 맡았다.

그때가 내가 수송국민학교 4학년에서 5학년으로 바뀌는 시기였다.

병원에서 그 시절은 환자 식사는 제공하지 않고 가족이 직접 마련해야 했다. 백병원 옥상에서 풍로불에 좁쌀죽을 묽게 쑤어 아버지께 드렸다. 옆에서 보고 있던 어른들이 잘 가르쳐 줘서 할 수 있었다.

갓 수술한 후 의사들이 계속해서 병실을 드나들며 "깨스 나왔어요?"를 연신 물어봤다. 방귀가 나와야만 물을 먹을 수가 있기 때문이다.

아버지의 입술은 마른 논바닥처럼 바싹 말라 있었다. 아버지의 간곡한 부탁으로 방귀가 나오기 전 한수저씩 물을 입안으로 흘려 넣어 드렸다가 의사선생님한테 야단을 맞고나서야 정신이 번쩍 들었다. 엄마가 저녁이면 사이다. 빵, 과일을 한봉지씩 사 들고 오셨다.

나는 몇 개월 째 학교도 못 가고 병간호에 매달리고 지쳐버려서 병이 났다. 토하고 설사에다 춥고 난리가 났다. 생각해보니 어린 나에게는 너무도 무거운 짐이었을 것이다. 5학년 새학기가 되어서나 학교에 갔는데 몇 반인지도 몰라 어리둥절해하는 나에게 친구들이 이리오라고 해서 겨우 반을 찾았다.

아버지는 회복이 잘되어서 퇴원을 하시고 그 후 나에게 별명을 지어주셨다.

'작은 심청'이라고.

어린 우리 엄마

큰 딸과 고궁 나들이

제2의 고향 벽제

아주 어렸을 때부터 성인이 된 후까지도 시간만 나면 아버지의 고향인 경기도 고양군 벽제면 작은집으로 달려간다. 우리 삼남매는 방학내내 그곳에서 산다. 서울 조카들이 세 명씩이나 와서 뭉개고 있으니 귀찮으셨을 법도 한데 작은아버지와 작은어머니께서는 한번도 싫은 내색을 안 하셨다. 식사 때 우리들은 보리 조금 섞인 쌀밥을 주시고 작은어머니는 사발 위에 뽀얀 감자를 수북이 올려놓고 수저로 으깨서 드신다.

양식이 부족했기 때문이란 걸 나이가 한참 들어서야 알게 되었다. 감자밥을 주식으로 드셨으니 얼마나 질리고 싫으셨을까.

작은집은 빈농이었다. 밭농사를 많이 했으며 집안 한구석 광에는 늘 보라색과 황토색 감자가 흙바닥에 수북이 깔려 있었다.

가끔은 나그네가 찾아와서 밥 좀 달라고 부탁하면 대문 안에 멍석을 깔고 소반에 밥 수북이 한 사발 냉수 한 그릇 오이지를 정성껏 담아서 대접한다. 나그네에게 융숭한 대접을 하라는 성인의 말씀이 생각난다.

가끔 밤중에 말승냥이가 마당으로 들어오면 할머니 사촌 오빠와 나는 방 문고리를 안으로 잠그고 벌벌 떨었고 작은아버지께서 작대기로 위위하며 몰아내곤 했다.

6·25때 삼팔선 접경 부근 동네라서 폭격도 심했다. 하루는 작은아버지께서 논에 나가셨는데 지붕 위에서 "따다다다"하는 요란한 소리와 함께 폭격이 시작됐다. 할머니, 고모와 나는 이불을 머리에 뒤집어쓰고 방구석을 이리저리 돌아다니며 어찌할줄을 몰랐다. 폭격이 끝나고 마당에 나가보니 까만 쌍안경 같은 탄피가 쫘악 깔려 있었다.

아버지 묘소에 큰동생 내외

어렸을 때라 그런 일을 당해도 큰 두려움은 없었다. 지금 또다시 그런 위험이 닥친다면 아마도 공황장애에 걸릴 것 같다. 아무도 다치지 않고 지금까지 모두 무사함에 감사한다.

앞 냇가에 빠져 죽을 뻔했던 일, 시골 친구들과 봉숭아 손톱에 바르고 호박잎으로 잘 싸매서 굵은 실로 감고 아침에 일어나 보면 발그레한 물이 들어져 있어서 네 것이 더 잘 들었다는 둥 해가면서 놀던 일, 작은 집이 없었다면 우리는 농촌이 어떤지도 모르고 도시 안에서만 살았을 것이다. 고향땅에 잠드신 조상님들께 감사한다.

전혜린 두 번 만나다

1960년 경기여고 3학년 시설 우리 학교에서는 '현관당번'이라
는 것이 있었다. 전 학년이 반별로 순서대로 두 명씩 조를 만들
어 현관에서 방문하는 손님들을 안내하고 교무실에 걸려오는
전화도 받는 역할이었다. 그 시절만 해도 입시경쟁이 그렇게 치
열하지 않았기에 수학여행이나 현관당번도 고 3때 했었다

요즘 고3은 완전 상전 떠받들 듯 하는 시대인데….

마침 내가 현관 당번 하는 날 키가 크고 멋있게 한복을 차려
입은 귀부인 한 분과 젊은 여성이 왔다. 모녀지간으로 보였으며

창경궁 춘당지에서 열린 교내 스케이트대회(1938)

따님은 왜소해 보였다. 그러나 결코 평범해 보이지는 않았다. 교무실에서 선생님 몇 분이 뛰어나오면서 그 모녀를 반갑게 맞이하는 모습에서 그분들이 특별한 사람들이라는 것을 느꼈다. 전혜린 씨 모녀였던 것이다.

생각해 보니 그 시절 선진국으로, 더군다나 여성이 유학을 간다는 것은 흔한 일이 아니었을 것이다.

아마도 혜린 선배가 독일유학을 마치고 인사차 모교 방문을 했던 것 같다. 혜린 선배는 자매들이 7명인데 모두 경기여중고를 나왔다 한다. 아버지도 상당한 지식인이었으며 맏딸인 혜린에 대한 기대가 컸으리라 짐작한다. 혜린 선배가 서울 법대를 다니던중 독일 뮌헨으로 유학가서 문학과 철학을 공부했다는 것도 나중에 알게 되었다.

그렇게 나는 첫 번째 혜린 선배를 만났다. 아니 얼떨결에 아주 가까이서 잠시 바라만 보았던 것이다.

다시 이듬해 두 번째 만남이 이루어 졌다.

내 친구 정혜와 함께 여고시절 강당 앞 층계에 앉아서 가난한 사람, 전쟁고아, 여성의 불평등을 고민하고 토론하곤 했다. 지금 와서 생각해 보니 꽤 기특했었다. 웃음도 나온다.

정혜 아버지는 유명한 변호사였고 국회의원도 지낸 분이시라 그녀의 가정은 늘 부유했었다. 광화문 내자동 집에 자주 놀러 가곤 했었다.

정혜와 나는 꿈도 야무지게 이화여대 사회사업학과에 입학했다. 사실 나는 응용미술이나 신문학과에 관심이 많았었다.

봄이라고는 하나 신촌 이화여대 교정은 언덕이 많았으며 바람이 몹시 불고 흙먼지도 대단했다. 얼굴이 꺼멓게 그을리고 거칠어졌다. 이 언덕에서 저 언덕으로 강의실을 바꿔가며 바쁘게 이동하던 중 언덕 아래에서 가냘픈 여인이 책 꾸러미를 끌어안고 하이힐을 신고 비틀거리며 올라오고 있었다. 머리에는 시스루(see-through) 검정 스카프를 둘둘말고 스타킹은 흘러내리고 있었다. 두 번째 만남이었다. 당시 이화여대 독일어 강사로 있던 전혜린 선배였다.

1965년 나는 결혼을 했고 남편의 사촌형님인 공군소장의 부인이 김희원 언니였고 그 분들은 가회동에 살고 있었다. 그 언니도 경기여고 출신이었으며 후배를 동서로 두었다며 나를 무척 예뻐해 주셨다. 희원 언니의 부모님은 북한에 계셨고 이모인 혜린 선배의 어머니가 자신의 자녀들과 함께 키웠다고 한다. 혜린 선배는 친형제들보다 희원 언니하고 더 친하게 지냈다 한다. 졸지에 혜린 선배와 나는 사돈지간이 된 셈이다.

혜린 선배에 관한 일화를 소개해 본다.

혜린 선배가 독일유학 가기 전 그녀의 어머니가 파마를 해주

부산 천막 가교사 시절에 '빛나는 졸업장'을 받아들고(1952)

열띤 응원 함성 속에서 '슛'을 날리다(1959)

었다. 바쁜 유학생활을 걱정한 어머니의 배려였을 것이다. 그러나 머리가 마음에 들지 않았던지 수돗가에 앉아서 빗으로 박박 뽀글머리를 풀고 있더란다. 참 혜린답다는 생각이 든다.

또 혜린 선배는 천주교 영세를 받았으며 '마리아 막달레나'라는 이름을 가졌다 한다.

희원 언니와 혜린 선배는 장난삼아 점집을 자주 찾았는데 선배가 죽기 며칠 전 점쟁이에게 "나 언제 죽어요?"라고 묻더란다. 늘 죽음을 의식하고 살고 있었던 건 아니었는지….

어느날 새벽에 혜린 선배의 부음을 듣고 희원 언니가 아침 일찍 가보니 흰 보에 덮인 그녀의 모습이 너무 안타깝고 가련해 보였단다.

사람들은 그녀를 광기와 열정으로 똘똘 뭉친 천재라고 한다. 너무나 이상적인 그녀, 하늘에서 편히 쉬기를 기도한다.

J를 추모하며

대학 다닐 때 우리집은 서대문구 중림동이었고 신촌 이화여대 가는 길목이라 학교 오가는 길에 들리는 친구들로 늘 북적거렸다.

여고 동창인 J는 이화여대 의예과에 입학했다. 비록 넉넉지 못한 가정형편에도 늘 명랑했고 순수했으며 프라이드가 대단했다. J의 부모님은 동경 유학시절에 만나서 결혼했고 그의 아버님은 무슨 연유에서인지 실직상태였다.

어머니가 은행 청소 일을 하셨고 참기름을 짜서 직원들에게

1960년대 이화여대 정문풍경

팔아가며 생계를 꾸려 나갔다. J의 부모님의 자녀에 대한 교육열
은 대단해서 남동생은 경기중학교 입학을 위해 4수를 했다.

초등학교 6학년만 4년을 네 학교를 옮겨 다녀야만 했다. 덕수
국민학교, 수송국민학교, 재동국민학교, 남대문국민학교 이렇게
맹모삼천지교가 무색할 지경이다. 그의 어머니는 딸의 의대 등
록금, 실습비, 원서비 등을 지원했으며 틈틈이 예쁜 옷과 스타
킹 사주시며 딸에 대한 기대로 늘 부풀어 있었다.

J는 학교수업이 끝나고 어둑해질 무렵 중림동 우리집에 일

단 들렀다 귀가한다. 하루는 가방에 실습용 사람정강이 뼈를 넣어가지고 와서 나와 내동생을 놀라게 해주기도 했다. 미모와 실력을 겸비한 재원인 J는 남학생들에게 인기는 말로 다 할 수 없었다.

어느 겨울 J와 나는 종로거리를 걷는데 맞은편에서 한 무리의 남학생들이 걸어오면서 "야 가짜다!"라고 놀렸다.

그 시절에는 가슴 쪽에 대학뺏지를 달고 다녔는데 학생신분으로 보이지 않았던 모양이다. 수수한 차림이었음에도 남들의 눈에는 화려하고 야하게 보였던 것이다. 유흥업소 여성쯤으로 여겼으리라.

우리는 종로에 있는 음악감상실에서 팝송, 재즈, 클래식에 빠졌다. 화신백화점 한 층이 몽땅 음악감상실이었는데 최신 스테레오 시설을 갖추어 젊은이들의 낭만적인 쉼터로 인기를 끌었다.

그 곳에 첫 발을 들였을 때 우리의 심장을 쾅쾅 두드리던 저음의 4인조 보컬리스트 브라더스 포(Brother's four)의 그린필즈

(Green Fields)는 지금도 그때의 감동을 잊을 수가 없다.

결혼 후에 내가 제일 먼저 산 LP판도 이것이었다.

'르네상스' 음악감상실은 주로 클래식 위주였고 J와 나는 애수어린 사라사데의 '지고이네르바이젠'과 차이코프스키의 '비창'을 자주 신청해서 들으며 청춘의 쓸쓸함과 헛헛함을 달래기도 했었다.

뭣이 중한디

어느 화창한 봄밤 창경원(창경궁)에는 벚꽃이 흐드러지게 피어 있었다. 그 때는 궁을 밤에 개방해서 '밤 벚꽃놀이' 행사가 있었다. 가족단위 또는 단체로 많이 이용하고 사랑 받았다.

이화여대 의대와 서울대 의대의 단체 미팅이 있었고 그곳에서 만난 파트너 오빠와 J의 연애가 시작되었다. 두 사람 다 순수한 첫사랑이었다.

그 오빠는 대구경북고등학교 출신이고 서울대 의대를 2등으로 들어왔다고 했다. 키가 크고 안경을 끼었으며 너무나도 착한 사람이었단다. 오빠의 아버지는 의사이고 삼촌들은 모두 교수들인 상류 집안의 아들이었다. 부모님의 아들에 대한 기대 또한 대단했단다. J의 집안과는 외형적으로는 차이가 많이 났다.

시간이 지날수록 두 사람의 사랑은 깊어갔지만 오빠쪽 집안의 반대도 점점 심해져 갔다.

학비조달에 힘들었던 J를 위해 오빠는 알바를 해서 도움을 주기도 했으나 역부족이었다.

나는 약혼 준비에 바빠서 J와 잠시 소식이 뜸했을 즈음 친구 A로부터 "너 제이 소식 들었니?"

순간 머리가 띵해지면서 가슴이 철컥 내려앉는 소리가 들렸다. 두 사람은 영원한 사랑을 이루기 위해 이생에서의 삶을 마감했다. 내게 그리움과 안타까움을 남겨 놓은 채.

세상은 무엇이 그리 중해서 두 사람을 갈라놓으려 했을까. 반세기가 더 지났건만 분노가 치민다.

부모님 산소 앞에서 동생네 가족

　본인을 믿고 의지하며 응원하던 부모님을 두고 가던 너의 마음이 얼마나 힘들었을까.

　이 못난 친구는 너를 위해 무엇을 했던가, 해준 게 없다.
다정하게 진지하게 같이 고민하고 위로했어야 했는데…
미안하고 안타깝다.

　J! 난 그때도 지금도 영원히 너를 사랑해
우리 만날 때까지 우선 잘 지내고 있어.

청와대 경호원

대학시절 나는 줄곧 초중고생을 가르치는 알바를 했다. 우리집은 큰 부자는 아니더라도 가난하지도 않았다. 나는 알바를 해서 번 돈으로 명동에 가서 투피스와 구두를 맞추는데 소비를 했다. 피는 못 속이나 보다. 손녀딸이 나를 꼭 닮았다.

동아일보 구직란에 나의 프로필과 학생지도 내용을 몇 자 적어내면 여기저기서 전화가 온다. 그 시절 전화는 너무 귀해서 집에는 당연히 없었고 남대문시장 아버지 가게의 전화를 이용했다.

남편과 큰 딸

하루종일 가게에서 전화오기를 기다리면 몇몇 군데에서 연락이 온다. 서로 만나서 조건이 맞으면 결정한다.

차분한 목소리를 가진 남자로부터 전화가 왔다. 만나서 이야기하자고 했다. 요즘 세상 같으면 모르는 남자를 어떻게 만나겠는가. 그 시절은 다들 순박했던 것 같다.

광화문 국제극장 주변 골목은 음식점과 다방 등으로 매우 번화하고 혼잡했다. 골목 한켠에는 나의 절친 혜순의 집도 있고 해서 그곳이 익숙하고 편안했다.

추운 겨울이었고 나는 검정색 모직코트에 베이지색 미들구두를 신고 2층 다방에서 그 사람을 만났다. 나이는 30세 전후로 보였고 보통 체격에 미간이 좁고 눈이 오목한 편이었다.

잠시 후 한식식당으로 자리를 옮겼다. 나는 떡만두국을 시켰고 그 사람은 좀 더 좋은 음식으로 시키라 했다. 불고기나 전골 같은 것으로 하라는 것 같이 느껴졌다. 음식을 먹으면서 이런저런 대화를 나누었으며 공부배울 학생은 자기 자신이라고 했고 영어를 배우고 싶다고 했다. 직업은 청와대 경호원이라고….

잠시 나는 정신이 멍해지면서 잘못들은 것은 아닌가 생각했다. '흥 니까짓게 무슨 청와대 경호원이라고'하며 속으로 콧방귀를 뀌었다.

그때가 5·16쿠데타 다음 해이니까 서슬 퍼렇던 박정희 정권 시절이었다. 나르는 새도 떨어뜨릴 정도의 권력이었다. 아마도 쿠데타 세력의 한 일원이었을 것 같았다.

나는 정중히 거절을 했다. 내가 원하는 대상은 성인이 아니고 학생이라고 했고 그분은 못내 아쉬워하며 이해하고 헤어졌다.

그로부터 여러 해가 지난 후 나는 결혼을 해서 3남매의 엄마가 되었고 불광동에 살았다. 매일 아이들 학교 보내고 씻기고 숙제지도 하는 것이 일과였다. 신문에 실린 천경자 그림을 가위로 오려 스크랩하고 클래식 음악을 아이들에게 들려주곤 했다.

그러던 중 하루는 신문을 읽다가 내 눈을 의심했다. 사회면 아랫 쪽에 어디서 본 듯한 낯익은 얼굴의 사진과 함께 '청와대 경호원 ○○○씨 익사'라는 기사가 실려 있었다. 내가 의심하며 콧방귀를 뀌었던 바로 그 사람이었다. 그날 그 사람의 이름 석자도 알게 되었다.

로맨틱 내 고향

나이 칠십 즈음에 형제들과 함께 북촌을 찾기 시작했다.

무엇이 그리 바빴던지 고향을 지척에 두고도 참으로 무심했다. 나는 종로구 팔판동에서 태어났고 그 옆 화동으로 이사했으며 거기서 6·25도 겪었다. 소격동에도 잠시 살았고 삼청국민학교도 다녔었다. 그래서 이 동네가 다 나의 고향이다. 지금의 북촌이라 한다.

광화문 안동네 경복궁 담 옆 평화로운 동네다. 다시 고향을 찾았을 때 벅찬 마음을 무엇이라 표현하기 어렵다. 미로처럼 얽

힌 골목마다에 추억이 알알이 박혀 있었고 내가 태어난 팔판동 집과 화동집은 번지수도 바뀌지 않고 그대로다.

옛 집 앞에서 사진도 찍어본다. 집안에서 살림하시던 엄마가 걸어 나오는 것 같다. 밤이 늦도록 희미한 전봇대 등불 아래에서 공기놀이, 줄넘기, 술래잡기를 하며 놀고 있으면 어머니들이 한 명씩 아이들을 찾아서 데려가곤 했다.

한옥보존지구라서 비교적 옛 모습이 많이 남아있다. 개천을 덮은 삼청로와 몇몇 도로를 빼고는 거의 그대로 보전되어 있다. 좁은 골목은 두 사람만 지나가도 부딪칠 정도이다. 옛날 대문 그대로인 집이 많다. 삼청동 파출소는 그때는 소격동 파출소라 불렀으며 어쩌다 사건사고라도 생겨 파출소에 사람이 잡혀오면 어디서 몰려왔는지 구경꾼들이 파출소 앞마당을 가득 메운다. 생활이 단조롭던 시절의 유일한 구경거리를 제공해 주는 곳이다.

추운 겨울이면 엄마는 잠에서 덜 깬 우리들을 깨우시며 "날씨가 추워서 까마귀가 다 얼어 죽었단다." 이런 농담을 자주 하셨다.

중구 소공동 조선 아케이드

북촌 옛집 앞에서 남편과

풍로에 보글보글 끓는 된장찌개를 얹은 채로 방에 들여 놓으면 장롱거울이 수증기로 뿌얘지고 우리들은 손가락으로 그림을 그린다.

아버지는 6·25 전에는 고무제품을 제조하셨으며 전후에는 남대문시장에서 장사를 하셨다. 인자하시고 근면성실한 분이다.

아버지는 한 씨 집안의 든든한 대들보이시고 5대 장손이셨다. 자수성가하신 후에 친척 집 땅에 묻히신 조상님들 산소를 모조리 사서서 꽃대궐같이 아름답게 꾸미셨다. 물론 삼촌, 사촌 모두의 협조가 대단했다. 전답을 사서 그곳에서 나오는 수확물로 웃대 조상님들 시제(10월 제사)에 비용을 대주시기도 했다.

나는 아버지로부터 회초리 한번 맞은 기억도 없다. 어머니는 여장부타입이었고 손이 커서 음식도 넉넉히 만들어 이웃과 나눠 먹었다. 어린 나는 그것이 불만이었다. 엄마의 고향은 대구이고 대구에서 네 번째 부잣집 외동딸이었다. 얼큰한 소고기 등심국을 잘 끓였는데 우리들은 그 국을 '대구국'이라 불렀다.

고기는 큼직하게 썰고 대파도 한 소쿠리 숙주나물도 한 소쿠리 넣고 고춧가루도 팍 풀면 정말로 맛이 일품이다. 우리들은 허연 소고기뭇국은 별로 좋아하지 않았다. 명절 때나 제사 때 빼고는 소고기를 거의 먹을 수 없었던 시절임에도 자주 만들어 주셨다. 엄마의 소고깃국 덕분에 우리 삼 형제는 지금까지 건강을 잘 유지하고 있는가 보다.

사람들은 현재의 북촌을 보고 옛 정취가 사졌다고들 한다. 그러나 나는 지금의 북촌이 너무 자랑스럽다.

세계 각 곳에서의 관광객들이 찾아와서 한옥과 골목을 배경으로 사진도 찍고 아기자기 꾸민 카페에서 정담을 나무며 갤러리, 박물관, 세계 유명 브랜드의 제품 가게들이 볼거리와 먹을거리를 풍성하게 해주며 현대와 고전이 공존하는 글로벌한 로맨틱 타운이다.

외가댁 베리

나의 외갓집은 대구다. 엄마는 사촌언니의 중매로 서울로 시집을 오셨다한다. 엄마의 성품은 요즘말로 하면 엉뚱발랄 아니면 말괄량이 삐삐다.

보수적이고 예의범절을 중시하던 그 시절에 정상적인 시집살이하기에는 적절치 않아서 일찌감치 어질디 어진 우리 아버지와 맺어지게 된 것이다.

외할아버지와 외삼촌들은 대구 서문시장에 아주 큰 규모의 건어물 점포를 운영하셨다. 상점이 왠만한 운동장만했다. 주로

주문진과 속초를 오가며 마른 오징어, 북어, 미역 등을 트럭으로 실어 옮겼으며 운반 도중에 산길에서 차가 굴러 떨어져 외삼촌들은 목숨을 잃을 뻔한 적도 한 두 번이 아니었다 한다.

6·25전쟁 후에는 피난민들이 대구로 몰려와서 더욱 더 부를 쌓았다. 대상이었다.

외갓집은 대구 대신동에 있었는데 늘 손님들로 북적거렸다. 끼니때면 일가친척 분들이 찾아와서 일하는 언니와 아줌마들은 밥상을 차리느라 분주했다. 명절 때에는 마당에 가마통을 깔아놓고 기왓장 가루로 놋그릇 닦던 도우미 아줌마들의 모습도 생생하다.

어린 나이에 인상적이었던 것은 과일장수나 생선장수가 지나가면 리어카째 또는 삼태기째로 사들이는 것이었다.

나는 엄마 손을 잡고 어려서부터 기차타고 외가댁에 자주갔다. 그때는 기차 안에 난방장치도 없고 기차 속도가 느려서 대구까지는 긴 시간이 걸렸다. 기차 안이 너무 추워서 발가락이 시려워 쩔쩔매면 엄마가 호호불어 주면서 주물러 주셨다. 고생 끝에 외갓집에 도착하면 외할머니와 외숙모님이 우리를 반겨주며 칙사 대접을 했다.

외사촌 오빠는 두 분이셨는데 순종 세퍼드와 싸움닭을 여러 마리 키웠다. 그중 세퍼드 새끼 한 마리를 서울로 데려와서 다시 아버지 고향인 벽제면 작은댁으로 보내졌다. 이름이 '메리'였다. 메리는 사돈집으로 입양이 된 것이다.

깊은 산골 작은집 동네에 그렇게 잘 생긴 세퍼드는 처음 본다고 주민들이 흥미로워했다.

메리는 커가면서 자태가 늠름하고 털색깔이 거뭇거뭇한 황색을 띄우고 두 귀는 하늘을 향해 쭈뼛하게 서 있었다. 커가면서 본성이 드러나 사냥을 잘했다. 그 시절 벽제면 산속에는 야생동물들이 꽤나 많이 살고 있었다. 너구리와 노루를 잘 잡았고 시골 삼촌들이 형님 몸보신하라고 피가 뚝뚝 떨어지는 채로 서울로 가져 왔다. 의좋은 형제였다.

시골동네에 진을 치고 있던 미군부대에서 메리를 탐내서 자기들에게 팔라고도 했다. 그리로 갔더라면 메리는 맛있는 고기

아들, 딸들 공원에서

첫째, 둘째, 셋째

도 많이 먹을 수 있었을 텐데 하는 생각도 해 보았다.

　메리는 동네의 큰 자랑거리였다. 메리를 위해 동네에 쥐약도 놓지 않았다. 어머니는 우쭐해 하셨다.

　부자 친정집에서 데려온 메리가 당신의 위신을 세워준다고 생각하신 모양이다. 우리들도 가끔 시골에 놀러가서 메리의 머리를 쓰다듬어 주면 용케 핏줄을 알아보는지 꼬리를 친다.

　그렇게도 조심을 했건만 메리는 어느 날 동네 사람들의 안타까움을 뒤로 하고 쥐약을 잘못 먹고 생을 마감했다. 지금도 메리를 생각하면 마음이 쓰리다.

북촌 사람들

우리 집은 종로구 화동 69번지고 지금의 정독도서관이었던 경기고등학교 후문과 바짝 붙어 있다. 바로 옆집은 '목포의 눈물' 작곡가인 손목인 씨 집이다. 우리 어머니는 손목인 씨 어머니에게 모친이라는 호칭을 썼다. 바로 아랫 골목에는 그 시대 섹시스타인 이빈화 씨도 살았고 또 그 옆집에는 친일파 이완용의 조카 한상룡의 며느리도 살았다. 얼굴이 달처럼 동글고 화장을 늘 곱게하고 있었다. 그 사람이 친일파의 며느리라는 것을 알게 된 것은 근래의 일이다.

미로를 찾아가듯 구절양장 같은 골목길을 계속 가다보면 복

정우물이 나온다. 우물이라고 할 것도 없고 돌 틈 사이로 깨끗한 물이 한 방울 두 방울씩 떨어져 고이면 바가지로 퍼냈다. 동네 아이들은 주전자를 들고 가서 생수를 퍼왔다. 그 곳을 지키던 작고 쪼글쪼글한 무서운 할머니는 동네의 유명 인사였다.

김두한 씨도 우리 집 앞을 지나 종로로 걸어가는 모습을 매일 본다. 장군의 아들답게 체격이 좋고 정치에도 관여하여 국회의원 유세 때 따라다닌 기억도 있다.

이씨 왕조가 끝나고 궁 안에 살던 내시 아저씨들도 우리 동네에 자리 잡아 살고 있었기 때문에 길에서 자주 마주쳤다. 사극에서 보던 조금은 간사하고 비굴해 보이는 그런 모습과는 많이 다르다. 모든 분들이 다 키가 엄청 크고 몸은 바싹 마르고 피부는 윤기가 없으며 노란 빛을 띠고 있다. 발도 엄청 크고 늘 흰색 헐렁한 바지저고리에 흰 고무신을 신고 다녔다. 누구나 한번 보면 금방 알 수 있는 특징있는 모습들이며 나름 기개가 있었다.

아랫 동네 사간동에는 궁에서 나온 후궁과 궁녀들이 사는 낡은 한옥집도 있다.

삼청공원에서 떡 감다가 남자애들을 놀려주던 일, 경복궁 안에서 오디와 벗찌를 따먹어서 온통 입술이 시퍼러둥둥하던 기억, 청와대를 지나 자하문 밖까지 가서 자두와 능금을 사오던 일 모두 정겹고 그리운 추억이다.

뒷골목 팥앙꼬(팥앙금의 옛날 이름)집 딸 복순이, 은순이는 잘 지내고 있을까. 일학년 때 뜀뛰기에서 꼴찌했다고 나를 놀리던 전차 운전수 순이 아빠, 자갯집 친구 미자, 쌀집 민자, 숯가게 아저씨, 정육점 종덕아버지, 눈딱불이 백만불양복점 아저씨 모두 보고 싶은 북촌 사람들이다.

광화문 아이

내세울 것 하나 없는 서민의 자식인 내가 우리 엄마의 교육열 하나 때문에 운 좋게 전국의 수재들이 모인다는 경기여중에 입학하게 되었다.

50년대 중·초반이니 한참 어려운 시절임에도 어머니는 나에게 그룹과외 공부를 시켰다. 그때는 밤에 한다고 하여 '밤공부'라고 했다. 그 당시는 고입 대입보다 중입이 경쟁이 치열했다. 명문 중학 입학이 평생을 좌우했다. 일생을 통틀어 초등학교 6학년 때 공부를 제일 많이 했던 것 같다. 입시를 얼마 앞두고는 개인 과외를 시켜주셨다.

막상 입학을 해보니 명문가의 딸들이 즐비했다. 유명 정치인, 법률가, 학자, 장군, 예술인, 그룹 총수 등 쟁쟁한 부모를 둔 아이들 틈에서 용케 주눅 들지 않고 잘 적응했다.

반면 가정 형편이 어려우나 본인이 똑똑해서 입학한 친구들도 꽤나 있었다. 지금은 다들 성공해서 사회 각 분야에 우뚝 서 있다.

광화문 경기여고와 정문을 마주한 덕수국민학교(초등학교) 당대 최고의 초등학교였다.

한 학교에서 한 명 입학시키기도 어렵다는 경기여중을 줄을 서서 단체로 합격시켰다.

나도 서울에서 몇 손가락 안에 꼽힌다는 수송국민학교를 졸업했고 20여 명쯤 경기 여중에 입학했다.

우리 학교 교육은 전인교육을 목표로 했으며 학과목은 물론이고 정기적인 교내 음악회 반 대항 합창대회, 무용대회, 패션쇼, 테니스 시합, 수영 대회 등이 활발했고 체육시간의 훈련은 군사 훈련을 방불케 할 정도였다.

포크댄스(folk dance)를 하기 위해 남대문 케네디 시장(구제품)을 샅샅이 뒤져 청바지와 조끼, 카우보이모자, 페티코트 등을 구하러 다녔다.

그 당시 유명세를 치른 농구팀은 장안의 화제거리였다. 주로 숙명여고 이화여고와 시합을 많이 했고 숙명여고의 박신자 선수는 거의 우리의 주적이었다.

그 당시 장충체육관은 지붕이 없는 노천 체육관이었다. 우리는 매일 모여서 응원가와 삼삼칠 박수, 기차 박수, 구호 등을 외치며 연습을 했고 경기가 있는 날은 학교 수업도 중단하고 장충동으로 몰려가서 목이 터져라 응원했고 승패에 따라 열광했으며 통곡하기도 했다.

친구들은 광화문 부근 신문로, 내자동, 효자동, 체부동, 종로, 을지로에 많이 살았고 재동, 삼청동, 남산, 후암동 등 시내 각 곳에 흩어져 살았다. 인천에서 통학하는 친구도 두 명 있었다.

우리 학교 주소는 정동 1번지다. 학교와 이웃한 곳에 미국 대사관이 있었고 구세군사관학교, 이화여고, 성공회 배제고등학교, 덕수궁도 정동의 이웃이다.

성공회 앞뜰은 마치 유럽의 아름다운 공원과도 같이 숲이 우거지고 낭만적이었다. 하굣길에 으레 들려서 친구들과 담소를 나누었다.

유서 깊은 정동 예원학교 무용과에 손녀 '리세'가 입학했을 때 마치 후배를 하나 둔 듯 너무 기뻤다.

등굣길에는 경복궁 담길을 따라 유주용(경기고등생), 모니카유(이화여고생) 남매와 같이 나란히 이야기하며 걸었다. 남매는 후일에 유명한 가수가 되었다. 어머니는 독일인이고 아버지는 한국인이다. 유주용 씨와 유모니카 씨는 이국적이며 매력적인 외모를 가졌다. 유주용 씨는 윤복희 씨의 첫 남편이기도 했다. 윤복희 씨가 가장 사랑했던 사람이라고 언젠가 밝히기도 했다.

초대 대법원장인 김병로 씨의 두 손녀도 같은 학교 친구로 매일 만나서 경복궁 담길을 지나 광화문 학교로 다녔다. 두 자매 중 동생이 나의 동기이며 지금 미래통합당 비대위 대표 김종인 씨의 동생이기도 하다.

4·19도 고3 때 광화문 네거리 교실에서 맞았다.

연일 시내 각 대학 학생들과 고등학생들이 광화문으로 쏟아져 나와 시위를 했다. 고3 때라 대학 입시를 앞뒀기에 '외부 분위기에 흔들리지 말고 공부에만 집중하라'는 선생님의 간곡한 부탁을 잘 따르고 있었다.

엄청난 일이 일어날 것 같은 폭풍전야의 분위기 속에서 공부가 될 리 없다. 바로 그때 첫 총성이 '탕' 하고 광화문의 공기를 찢었다. 두려움과 울분으로 가슴이 터질 것 같던 터에 우리 모두는 '와아' 하고 울음을 터뜨렸다. '우리는 냉혈동물이 아니라고요'라고 외치고 싶었다.

부당한 권력에 맞서서 학생들이 먼저 시위에 나섰고 시민들이 여기에 합세했다. 책가방을 안고 총에 맞은 제자들의 희생에 가슴 아파하던 대학교수들이 시국선언을 하고 시위에 가담하면서 이승만 대통령의 하야를 이끌어 냈다.

기초적 생계로 연명하는 매우 가난한 이들이 어떻게 이다지도 민주주의에 대한 열망으로 가득 차 있었을까 우리 민족은 참으로 위대하다. 민주주의는 거저 얻어지는 것이 아니란 생각이 든다.

어느 해 크리스마스이브에 친구 두 명과 같이 올나잇을 하기로 하고 뮤직홀에 자리를 잡고 앉았다. 저녁 내내 크리스마스 캐럴이 울려 퍼지고 연인들끼리 남녀 그룹별로 홀이 꽉 찼다.

자욱한 담배 연기 속에 음악은 연신 터져 나오고 분위기는 달아올랐다. 늦은 저녁을 지나 자정 가까이쯤에 갑자기 한 친구의 아버지가 나타나서서 딸을 데리고 나갔다. 동생에게만 비밀로 하라고 말한 것이 탄로가 난 것이다.

잠시 후 나머지 한 친구의 애인이 또 그를 불러내었다. 나 혼자 남게 되었는데 밤이 깊어서 종로에서 남산의 우리 집까지 갈 수가 없었다. 하는 수없이 날이 샐 때까지 그곳에 남아 있기로 했으나 혼잡한 곳에서 홀로 밤을 새울 생각을 하니 앞이 캄캄했다.

한구석 자리에 앉아 있는데 동네 친구의 오빠가 여자친구와 함께 나타났다. 나는 창피해서 고개를 숙이고 이쪽저쪽으로 돌

돌 되기 전 큰딸과 워커힐 나이트클럽 문 앞에서

아빠와 큰딸

려야만 했다. 요즘 말론 쪽팔리는 노릇이다.

설상가상으로 언젠가 그룹 미팅에서 만났던 곧 잘생긴 훈남 B 군이 그의 친구들과 그리고 비슷한 숫자의 여학생들과 마주 앉아 박장대소를 하며 분위기가 좋아 보였다. 갑자기 내 모습이 초라하게 느껴졌다. 먹은 것이라고는 커피밖에 없어서 배에서 꼬르륵 소리가 연방 들렸다. 화장실조차 갈 용기가 없어 꼼짝 않고 앉아있었다.

날이 새자마자 아주 조심스럽게 밖으로 빠져나왔다.

새벽 공기를 마시니 정신이 번쩍 들었다. 새벽 공기를 가르며 아주 열심히 걷고 또 걸었다. 밤을 새운 취객들이 이 골목 저 골목에서 튀어나왔다. 그들을 피해 가며 남산 집까지 왔을 때 는 날이 환하게 밝아 있었다.

부모님께는 친구 집에서 그 댁 부모님 입회하에 재미있게 놀 다가 왔노라고 거짓말을 했다. 부모님 속이고 잠시 망종으로 행 동했던 날이다.

믿음으로 못난 딸을 믿고 지켜봐 주시던 부모님 덕분에 광화문 아이는 잘 자랐고 또 잘 여물어서 지금은 모진 비바람에도 흔들리지 않는 든든한 대들보가 되었나 보다.

두 번째 이야기

격랑 속으로

· 하느님 거기 계셨네 · The 소독 · 대구화원교도소

하느님 거기 계셨네

'1987' 영화를 보았다. 가슴이 먹먹했다.

뜨거웠던 그해 6월 박종철과 이한열 열사의 죽음으로 평범했던 시민들의 가슴에 독재타도를 위한 분노의 불길이 타올랐다. 큰 딸과 나는 누가 먼저라 할 것 없이 그 불길에 같이 녹아들었다.

거리에는 연일 시민들과 학생들의 시위로 인해 경찰, 사복형사, 백골단들이 깔려 있었다. 골목마다 거리마다 최루탄 연기에 눈을 뜰 수 없었다. 명동성당에서는 신부님 수십 명이 시국선언을 하고 단식에 들어가셨으며 전국에서 수녀님들이 버스 대절을 해서 응원하러 오셨다.

여러 날의 단식으로 얼굴이 초췌해지고 수염도 깎지 못한 신부님들을 보니 마음이 숙연해졌다.

단식 신부님 수십 명의 공동 집전미사가 있었고 성당 안은 사람들로 꽉 차서 발을 들여놓을 자리도 없었다. 우리는 사람들을 비집고 성당 안으로 들어갔다. 키가 작아서 제대는 보이지도 않았다. 누군가에 의해 인쇄물이 나누어 졌고 성가대신 부당한 권력을 조롱하며 정의가 죽었음을 한탄하는 가사였다.

'눈 감으신 하느님, 귀 먹으신 하느님 불의를 심판하시는데 왜 그리 더디시냐'는 탄원의 노래였다. 미사도중 곳곳에서 훌쩍이는 모습을 볼 수 있었다. 나도 눈물이 앞을 가려 미사를 제대로 볼 수 없었다.

6.29 선언 며칠 전 여러 명의 젊은이들이 명동성당입구 언덕에 앉아 구호도 외치고 운동가도 불렀다.

우리 아들 딸들

나는 딸아이를 지켜야 한다는 생각도 있어 늘 따라 다녔다.
우리는 어찌어찌하다가 하필 맨 앞자리에 앉게 되었다. 성당 앞
길 건너 YWCA 입구에는 경찰들이 무전기를 들고 분주하게 움
직였고 청바지에 흰색 하이바를 쓴 이른바 백골단들이 진을 치
고 우리 쪽을 바라보고 있었다.

일촉즉발 팽팽한 긴장감으로 가슴이 터질 것 같았다. 맨 앞
자리라서 더 무서웠다. 비겁하게 도망갈 수도 없었다. 출정하자
는 외침과 함께 우리는 본능적으로 일어섰다. 이제 성당 밖으로

나아갈 일만 남았다. 날아오는 최루탄에 눈이 멀 수도 있다. 백골단에 잡혀 팔다리가 부러질 수도 있다.

오! 하느님!

바로 그 순간 몇 십 명의 신부님과 수녀님들이 큰 나무십자가를 들고 우리 앞에 서 주시는 것이 아닌가!

자연히 우리는 최전선을 그분들께 맡기고 "독재타도! 호헌철폐!"를 위치며 시내 쪽으로 행진했다. 수백 명의 시민들의 박수를 받으며….

그들도 감히 신부님과 수녀님에게 무력행사를 하지 못했다.

눈 감고 귀 먹으신 하느님!

심판에 더디신 하느님!

그날 그 곳에 계셨다!

The 소독

    딸애는 오랫동안 소식이 없다. 살았는지 죽었는지 생사조차 알 길이 없다. 내 생애 이런 경험을 해보리라고 상상도 해본 적이 없다. 딸은 유난히 약하게 태어났고 첫 아이라서 우리 부부는 애지중지 곱게 키웠다. 옷이나 모자, 장난감 하나를 사더라도 반도조선아케이드나 미도파백화점에서 사주곤 했다.

    딸애는 어려서부터 감성적인 면이 뛰어났고 마음이 여렸다. 학급 친구가 이민을 가면 며칠 전부터 이별이 아쉬워 훌쩍훌쩍 울기도 하고 학년이 바뀔 때면 선생님과 친구들하고 헤어짐이 마음 아파 남몰래 눈물을 훔치기도 했다.

여고 때는 선행상을 휩쓸기도 했고 교지에 장편소설을 연재해서 나를 당황케 하기도 했다.

딸애는 처음에는 학생운동을 한다 하더니 나중에는 노동운동으로 바뀌었다. 어슴프레 들리는 소식에 의하면 부산에서 지내고 있다 한다. 어느 날 뉴스에 부산에 있는 신발공장에서 큰 불이 난 것을 보았다. 혹시 그 동네에 살고 있지나 않나 노심초사 늘 불안한 생각을 떨칠 수가 없었다. 또 길에서 딸과 비슷한 사람을 보고 급히 따라가다가 이내 실망하기도 한 두 번이 아니다. 딸애가 꿈꾸는 세상은 어떤 세상일까. 또 그런 세상은 오기나 하는 것일까.

6·29 선언 이후이기는 하나 여전히 독재의 그림자가 드리워져 있는 상태이므로 완전히 민주화 된 세상이라고 말할 수는 없다.

우리 집은 전화가 도청되기 때문에 마음놓고 전화를 걸 수가 없다, 딸에게서 어쩌다 전화가 걸려오면 당황해서 무슨 말부터 해야 할지 허둥대다 보면 5분 내에 그쪽에서 끊어버린다. 공중전화를 오래 걸면 위치 추적을 당하기 때문이다.

아들과 아빠

미국으로 엄마 만나러 온 아들

나는 내 딸의 목소리를 금방 알아듣고 얼른 "피아노 김선생님? 잘 지내시죠?" 이렇게 생사여부만 확인하는 수준이다. 서로 약속한 적도 없는데 우리는 연기를 잘했다. 죽이 척척 맞았다.

그때 우리는 잠실에 살고 있었다. 하루는 잠실 5단지 상가에서 금은방을 하는 같은 집안내 영준이 총각으로부터 전화가 왔다. "아주머니 저번에 맞추신 반지 완성 됐어요"라고.

나는 또 척하면 척이다. 뛰는 가슴을 진정시키며 상가로 갔다. 가게 안으로 들어가서 반지 하나를 끼어보면서 이러저리 살펴보는데 영준이 총각이 종이쪽지를 내 손에 슬쩍 쥐어주며 작은 목소리로 "화장실에 가서 보세요"라고 한다. 쪽지에는 "엄마, 나 서울왔어. 만나고 싶은데 내가 시키는 대로 해야 해"라면서 찾아오는 방법을 빼곡이 적어 놓았다.

일단 잠실역에서 지하철을 타고 뚝섬역까지 와서 하차를 하란다. 뚝섬역이 제일 한가한 역이라서 미행이 붙었을 경우 털어내기에 딱 좋은 곳이기 때문이다. 내릴 때 빨리 내리지 말고 문 닫히기 바로 직전에 내린 후 다음 차를 타라고 했다. 여기서 미행 여부를 확인할 수 있었다.

다음 차를 타고 왕십리까지 와서 모호텔 2층 커피숍에 앉아 있으라고 했다. 일단 1차 소독은 뚝섬역에서 성공했다.

커피숍에서 한참을 기다려도 딸은 나타나지 않는다. 심장이 밖으로 튀어나왔다 들어갔다 하는 느낌이다. 그래도 딸의 얼굴을 볼 수 있다는 생각에 마음을 진정시키고 있던 중 전광판에 "체칠리아님 전화 받으세요"라고 뜬다. 체칠리아는 나의 세례명이다. 얼른 가서 받아보니 딸의 목소리가 저 너머에서 가물가물 들렸다

다시 종로에 있는 모다방 2층에서 층계쪽을 바라보고 앉아 있으라고 했다. 첩보영화에 나오는 '나타샤'도 아니고 이게 뭐람. 다리가 후들거려 몸을 지탱하기가 어려웠다. 화가 많이 났다.

다시 종로로 향했다. 2차 소독도 완료다. 종로다방 2층에 자리를 잡았고 층계쪽을 바라보는 것도 잘 지켰다. 얼마 후 딸의 모습이 머리쪽 부터 보이기 시작했다. 비쩍 마른 모습으로 누구를 찾는 듯이 휘이둘러보고 다시 1층으로 내려간다. 우리 둘은 이미 눈맞춤을 했다.

놀이동산에서 즐거운

아들 제주여행에서

나는 금방 따라 나서지 않고 시계를 보는 척 하다가 천천히 아랫층으로 내려가 밖으로 나왔다. 딸은 저만치 서 있었고 우리는 또 눈을 마주쳤다.

　　우리는 일정한 간격을 유지하며 식당이 많이 있는 골목 안으로 깊이깊이 들어가 손을 맞잡았다.

　　3차 소독 성공!

　　주위를 살피며 저녁을 먹었고 딸은 불안한 모습으로 급히 자리를 떴다. 서로의 행운을 빌면서….

대구화원교도소

딸은 수배 중에도 가끔 서울에 회의차 왔었다고 한다. 엄마 있는 곳을 지척에 두고도 만나지 못하고 돌아가야만 하는 그 심정이 어떠했을까. 원망의 눈길을 서울 쪽으로 보내면서 떠났다고 했다. 자기 한 사람의 부주의로 조직에 피해를 줄까봐 무척이나 조심을 했던 것 같다.

그러던 어느 봄날 오후 5시 뉴스에 ○○조직 △△명 전원 동시 검거라고. 동물적 감각으로 딸이 잡혔다는 것을 알았다. 모두 잡혔구나. 이제 불행 끝 행복 시작이다. 딸의 얼굴을 볼 수 있고 최소한 떠돌아다니면서 위험한 생활을 지속하는 신세는

아이들의 편지

면하겠구나 하는 생각에서였다.

　설마 죽이지는 않겠지. 간부도 아니니까란 생각을 하면서 여기저기 알아보니 대구 안기부에 잡혀 있었다. 잠시 후 안기부에서 딸을 잘 보호하고 있으니 면회를 오라고 했다.

　대구화원교도소는 구치소도 함께 있어 딸애는 그곳에 있으면서 매일 안기부로 조서 받으러 다니고 있었다. 안기부에서 딸을 만나 얼싸안고 목을 놓아 울었다. 머리를 감고 깨끗한 모습으로 나타난 딸은 많이 야위어 있었다. 같이 잡힌 6명의 가족들도 눈시울을 적셨다.

　다시는 이 땅에 이런 비극은 없어야 한다. 나는 일주일에 한 번씩 대구로 가서 면회를 하고 영치금과 책을 넣어주고 다시 법원으로 옮겨와서 굴비처럼 엮어서 호송차에서 내리는 딸과 그의 동료들 이름을 하나하나 불러주며 응원했다.

　재판이 있는 날이면 자식들을 면회하기 위해 각지에서 가족들이 대구로 모여들었다. 나는 새벽 일찍 일어나 모두와 나누어 먹기 위해 김밥과 샌드위치를 넉넉히 만들었다. 임종석, 박노해,

손녀딸 결혼식

설악산에서 딸, 사위

백태웅 어머님들도 대구로 오셔서 힘을 보태주셨다.

딸과 편지도 신나게 주고받았다. 편지의 내용들이 너무 애틋하고 아름답다고 교도관 사이에서 소문이 났다.

꽃이 피고지는 봄날은 지나가고 여름이 지나 가을이 되었다. 1차 재판에서 딸은 집행유예로 나왔다. 딸애의 건강문제를 물고 늘어진 나의 탄원서가 적중했던 것 같다.

밤 12시 정각이 되자 딸애는 잡혀간 날 입었던 옷으로 갈아입고 작은 보따리와 함께 타박타박 교도소 문으로 걸어 나왔다. 남은 동료들의 건투를 빌면서.

뉴저지 그리고
일산

카네기홀

세월은 훌쩍 흘러 나는 일산에서 학생들을 모집해서 과외공부 선생을 했다. 나름 학생도 늘고 학부모로부터 인정도 받게 되었다. 동시에 큰딸의 해산관도 해가면서…. 참 열일했다는 생각이 든다.

IMF가 터지자 학생수가 점점 줄어들면서 생활이 어려워졌다. 그때 미국 뉴저지에서 사돈되는 사람이 잔치음식가게를 차렸는데 사람이 필요하다 해서 학생 가르치는 일을 그만두고 용기를 내어 미국으로 갔다.

LA와 뉴욕에서 여고동창회 모임을 갖었었기에 미국 땅이 그리 낯설지는 않았다. 사돈네도 있고 사촌동생 복희도 뉴욕 훌러싱에서 살고 있었기 때문이다. 물론 친구들도 뉴욕과 뉴저지에 많이 살고 있었지만 절대로 알리지 않았다.

　　하루는 가게에서 캐쉬를 보고 있는데 한국인으로 보이는 중년 부부가 가게 안으로 들어왔다. 특히 남자분은 너무나도 인자한 미소를 띠며 들어왔는데 아마도 같은 동포라서 그랬던 것 같다.

　　뒤따라 들어오는 부인을 보는 순간 내 몸은 굳어져 버렸다. 급히 몸을 돌려 주방 깊숙한 곳으로 숨어버렸다. 그 지역에서 꽤나 명성 있는 의사로 일하고 있는 내 친구 A였다. 부끄러워할 일이 아닌데 그때의 내 미숙한 행동에 쓴 웃음이 나온다.

　　미국에 도착해서 시차도 무시하고 바로 가게에 나갔다. 복희가 내 소식을 듣고 단숨에 달려와서 "언니! 이거 꿈 아니지?"하면서 내 볼을 꼬집어보았다.

　　복희는 브롱스에서 남편과 함께 델리가게를 하면서 남매를 열심히 키웠다. 딸아이의 피아노 공부를 위해서 가족 모두가 멕시코를 거쳐 미국으로 건너 가 고생고생 끝에 줄리어드스쿨 음대에 딸을 입학시켰다. 복희의 남편은 한국 대기업에서 잘 나가던 중역이었다.

자식 공부에 대한 열정이 대단했고 복희의 별명은 '리틀 정경화 엄마'였다. 딸이 커서 지금은 뉴욕 퀸즈대학 음대학장이 되었다. 딸애가 피아노를 잘해서 UN과 링컨센터 등에서 수차 연주회도 가졌다. 피아니스트 서혜경 씨의 수제자이고 그분의 결혼식 들러리도 했다.

내가 미국에서 일하고 있을 당시 복희는 서혜경씨와의 만남을 몇 번에 걸쳐 주선해 보았으나 시간이 맞지 않아 불발되었다. 마침 카네기홀에서 서혜경씨의 피아노 연주 공연이 있었다. 맨해튼 시내 곳곳에 그녀의 공연 포스터가 나붙었다. 화려한 프로필과 함께 사진도 실려 있었다.

나는 공연에 초대를 받아 갔다. 실크 검정롱스커트에 자주색 블라우스를 입고 손에 꽃도 한다발!

An Evening With U.N. Diplomats
뉴욕 줄리어드극장서 갈채 받은 피아니스트 조재은양
주UN한국대사관저 만찬회 초청 연주
서혜경, 올레나 후스키
교수의 수제자로 각광

줄리아드 음대에 재학중인 조재은
양(19)이 오는 7일 이집트의 부투로스
갈리신임유엔 사무총장과 각국 유엔대사
들이 모인 자리에서 피아노연주회를 가질
예정이다.

뉴욕에 있는 한국주영대사관에서 열
릴 조양의 연주회는 지난 3월에 유엔
에서 줄리아드극장서 있었던 공연이
도, 오케스트라와의 협연이 인상적에
응답에 따라 이루어진 것.

조양은 세계적인 피아니스트 서혜
경이 지도로 다니나영대학에서 일찍부
터 준수한 재능으로 각광을 받은 연주자로
알려졌다.

조양에게 불리는 조양은 기대의 음
향을 줄리아드에서 뛰어난 수 있는
세계적 기대에 발굴의 피아니스트로 피아
니스트로 보기 어려운 보편성 피아
니스트의 한 사람으로 대각받고
있다.

지난 3월 줄리아드 복학교교회와
대공적 줄리아드 음대 처음으로 조양
상반된 오케스트라에서 연주로 한국인
세 조장되는 줄리아드 음대의 이러한바
보면 줄리아드 음대 조양이 후스키

카네기 홀 티켓

남자 조카애가 놀렸다.

"이모 장난이 아니네요!"

나는 부끄러웠다. 그곳에 온 사람들의 옷차림이 너무 수수해서 나와 비교가 되었기 때문이다. 그냥 입던 옷 그대로 패딩코트, 점퍼 같은 차림이었다.

음악은 특별한 것이 아니라 생활의 연장선에 있는 것 같았다. 한국인은 별로 없었고 현지인들로 1~2층이 꽉 찼다. 우리는 2층에 자리 잡고 앉았다. 내 옆자리에는 동생 복희, 그리고 조카들이 앉았다.

연주곡은 모짜르트 곡과 윤이상 곡인 것으로 기억한다.

장내는 물 끼얹은 듯 조용했고 혜경씨의 폭발적 파워 연주는 클라이막스로 달리고 있다. 서혜경씨가 너무 자랑스러웠다. 그런데 그때 갑자기 벼락치는 듯한 고함소리가 들렸다. 나는 기절할 뻔했다. 내 옆에 앉아있던 동생 복희가 너무나 큰 소리로 뭐라고 버럭 소리를 지르는 것이 아닌가. 그 소리가 너무 커서 무슨 소리인지 못알아 들었다. 외마디 외침이었다.

여기가 어딘가 전 세계인의 꿈의 무대인 카네기 홀이 아닌가. 장내는 물을 끼얹은 듯 조용했고 갑자기 날벼락 치는 소리라니, 나는 너무나 당황해서 피아노 소리가 귀에 들어오지 않았다.

배짱이 태평양 바다보다 더 크다는 그녀의 고모인 우리 어머니가 하신 말씀이 생각났다.

그 외마디의 외침은 "브라보"였다.

뉴저지 카지노 탐방기

　미국 출장 잔치 음식 가게에서 일하던 어느 날 가게에서 요리 담당하는 김 씨 아줌마가 대서양 쪽으로 놀러 가자고 했다. 대서양이란 말에 귀가 번쩍했다. 그 즈음 나를 둘러싼 현실의 벽이 너무 높고 암담했던 터라 탁 트인 바다를 너무 좋아했고 여건만 된다면 오대양 육대주를 한 번 누벼보고 싶다는 꿈이 있었다. 그리하여 간 곳이 대서양과 맞닿아 있는 카지노와 도박으로 유명한 도시 아틀란 시티다.

　또 다른 한국 변 씨 아줌마 이렇게 우리 3인 1조는 카지노호텔에서 보내준 시원한 무료 냉방 버스에 아침 일찍 몸을 실었다.

새벽부터 한국에서 갓 온 변 씨 아줌마와 나는 보리차를 끓여서 식힌 후 병에 담으려다 미국에서 오래 산 요리담당 김 씨 아줌마한테 혼이 났다. '여기가 한국인지 아느냐고'. 미국 땅 어디를 가더라도 1불만 주면 물을 사 먹을 수 있기 때문이다.

시원한 버스에 타 보니 허리 굽은 호호백발 미국, 한국 할머니들이 잔뜩 타고 있었다. 돈 안들이고 바람을 쐬며 시원한 곳에서 즐기는 데는 카지노만한 곳이 없기 때문이다. 간식도 주고 동전 몇 개만 있으면 하루 종일 즐길 수 있으니 할머니들의 지상낙원이다.

대서양 해변을 따라 게임을 즐길 수 있는 카지노 도박장들. 화려한 숙박시설, 각종 오락 편의시설까지 잘 갖춰있고 모든 상점이 다 아울렛이고 할인점이다 보니까 놀기도 하고 물건도 싸게 살 수 있다. 무엇보다도 대서양 해변을 따라 단단한 나무판자를 이어서 만든 보드워크가 내 맘을 사로잡는다.

이 길은 2~3시간 걸을 수 있으며 발바닥 닿을 때의 느낌이 너무 좋다. 역시 자연소재는 사람을 편하게 해준다. 날씨는 눈이 부시도록 빛나고 바다바람에 옷자락은 휘날린다. 가족들과 함께 온 관광객, 다정히 손을 잡고 다니는 백발의 노부부, 자전거를 탄 연인들 모두 행복해 보였다. 가족 생각이 많이 났다.

호텔 안 도박장에 발을 들이는 순간 처음 대하는 광경에 숨이 멎을 듯 했다. 현란한 조명, 요란한 음악, 기계음 소리로 정신을 차릴 수 없었다. 가슴이 풍만한 여인들이 칵테일 음료와 간식거리가 들어 있는 쟁반을 손에 받쳐들고 사람들 사이를 누비며 서빙을 하고 있었다.

김 씨 아줌마는 연신 우리 두 쑥맥의 눈치를 보며 한게임 해보라고 한다. 우리는 돈도 없었고 그냥 구경만 하다 가겠다고 했다. 김 씨 아줌마가 우리에게 20불씩 던져 주었다. 슬롯머신에 매달려 해보니 쉽고 재미있었다. 갑자기 변 씨 아줌마 기계에서 요란한 쇳소리와 함께 동전이 마구마구 터져 나왔다. 변씨 아줌마는 당황해서 나에게 동전 담을 비닐봉투를 빨리 구해보라고 했다. 쩔쩔매고 있는 나에게 김 씨 아줌마가 내 등짝을 내리친다. 머신 바로 옆에 동전을 담을 큰 종이컵이 비치되어 있었던 것이다. 우리 세 사람은 터져 나온 동전을 사이좋게 나누어 가지고 애틀란시티의 시원한 저녁 바람을 맞으며 집으로 돌아왔다.

미국 팬시점에서

대서양변 캐지노마을

뉴욕 동창회

어느해 9월 가을 초입에 여고졸업 35주년 기념 뉴욕동창회 길에 올랐다.

몇 해 전 L.A동창회 이후 뉴욕은 처음이다. 아침 일찍 김포공항으로 낯익은 얼굴들이 속속 도착한다. 경쾌한 옷차림으로 모두 함박웃음을 머금은 채 70명의 여고 동창들이 비행기에 탑승했다. 여행사의 가이드 분들도 서류정리를 하면서 이렇게 많은 숫자가 가는 경우는 처음이라고 했다.

일단 시카고로 가서 미니 동창회를 하고 시내 관광에 나섰

맨해튼 소재 메리엇 호텔에서

다. 도시가 너무 깨끗하고 건축물들이 예술이었다. 1871년 대화
재로 인해 도시가 전소되다시피 했고 그 후 다시 도심이 세워
져 지금의 건축 황금시대를 맞았다고 한다. 110층 시어즈타워
와 바다 같은 미시간 호수 그리고 어마어마한 규모의 세계곡물
시장이 인상적이었다.

　이제 본격적으로 뉴욕으로 날아간다. 내가 뉴욕을 와보다니
감개가 무량했다. 케네디공항에서 단체버스를 타고 42번가 브
로드웨이 소재 아퀴스메리엇호텔로 가서 90명의 미주 동창들과
만났을 때의 감회는 말로 형언 할 수 없었다. 서로서로 하나도

변하지 않고 옛날 그대로라고 떠들고 야단법석이다.

소녀시절 6년을 함께했다는 사실이 수십 년의 세월을 뛰어넘는 순간이다. 고국으로부터 찾아온 친구들을 위해 미국동창회는 최고의 수준으로 진행되었다. 이국만리 타향에서 각고의 노력과 인내로 당당히 주류사회에 입성한 친구들의 배려였다. 미국항공우주국(NASA), 국립암센터, 인권 변호사, 화가, 의사, 교수 등으로 활약하는 친구들이 무척이나 자랑스러웠다.

하얀 식탁보가 덮힌 원탁테이블에 7명씩 조를 짜 앉아서 와인과 맛있는 음식을 즐기는 동안 무대 위에서는 갖가지 재롱이 펼쳐진다. 시카고팀의 바바리맨쇼, 뉴욕팀의 황홀한 차이나 춤은 너무나도 몽환적이었다.

이 행사를 위해 1년 전부터 준비해왔다고 한다. 노래자랑, 라인댄스, 샹하이트위스트 등 장기자랑이 이만저만이 아니다.

7박8일의 짧은 일정이었지만 피곤함도 잊은 채 맨하튼 중심에서 한국보다 더 한국스러운 한식에 감탄했으며 핏물이 뚝뚝떨어지는 대빵스테이크도 먹으며 갖은 호사를 누렸다.

뉴욕에서의 메트로폴린탄뮤지엄, 자연사박물관, 엠파이어 빌딩, 록펠러센터, 자유의 여신상, 차이나타운 등 정신없이 돌아다니는 강행군을 했다.

나이가라폭포의 웅장함에 흥분했고 워싱턴 DC에 있는 한국 참전용사비 앞에서는 경건한 마음으로 묵념을 올렸으며 케네디 형제의 영원히 꺼지지 않는 불과 영원히 마르지 않는 샘의 묘지 앞에서 기도도 했다.

뉴욕 허드슨강을 돌며 야경을 즐기는 서클라인쿠르즈는 이번 모임의 하이라이트이다.

배 한 척을 전세 내어 우리는 나름대로 멋있게 정장을 하고 배에 올랐다. 정장을 해야 입장할 수 있다는 선장의 요구에 의해 나는 보라색 바탕에 회색 목련 꽃문양이 그려져 있는 원피스에 은색 반짝이 하이힐을 신었다.

배 안에는 뷔페음식이 차려져 있었고 가죽부츠를 신은 악사들이 흥을 돋우었다. 맨해튼의 반짝반짝 빛나는 야경을 보면서 시간이 멈추어 주기를 빌었다.

역시나 미국 친구들은 씩씩하게 앞으로 나가 춤을 추었다. 한국에서 간 친구들은 너무나도 근엄하고 진지하기만 하다. 이 것은 춤이 아니고 스포츠라고 모두 참여하자고 뉴욕회장이 한 마디 하자 모두는 한 덩어리가 되어 포크댄스를 즐겼다. 뉴욕의 야경은 여전이 반짝이고 있었다.

녹내장의 반전

10여 년 전 60대 후반에 동네 병원에서 3회에 걸쳐 검사 끝에 녹내장 진단을 받았다.

양쪽 눈이 다 녹내장이며 왼쪽 눈이 더 심하다고 했다. 특별한 이상이 있어서 병원에 간 것은 아니고 나이 먹어서는 가끔 예방 차원에서 검사받아 보는 것이 좋다하여 병원에 갔다가 발견한 것이다.

의사 선생님 말씀으로는 관리 잘하면 평생 괜찮을 수 있을 거라 했다. 얼마가 지나서 A종합병원 안과로 옮겼다. 눈의 소중

함을 알기에 시설도 좋고 의료진도 좋은 곳에서 정밀검사를 받아보고 싶었기 때문이다.

시간이 지나면서 눈의 상태가 조금씩 나빠지면서 눈에 넣는 약도 바뀌고 강도가 세지기 시작했다. 눈의 혈관을 확장시켜 주는 약이라서 두 눈은 항상 빨갛게 충혈되어 있었고 사람을 대할 때 상대방을 똑바로 쳐다보지 못하는 습관이 생기기 시작했다.

누가 "피곤하신가 봐요. 눈이 충혈 되어 있네요."라고 물어오면 쥐구멍이라도 들어가고 싶은 심정이다. 시야 검사, 안압 측정, CT촬영 등의 검사를 거쳐 3개월 또는 4개월 간격으로 진료를 보러간다.

비용도 은근히 많이 든다. 후원해 주는 아들과 딸들에게 늘 미안하고 감사하다.

최근 일 년 전 정도쯤 의사 선생님이 고개를 갸우뚱하며 눈의 상태가 점점 나빠진다고 한다. 약간 혼내는 말투로 "약은 잘 넣고 계시죠?"하면서 무뚝뚝하게 묻는다. 선생님의 이런 모습이 나를 더 힘들게 한다. 독한 약도 점점 추가된다. 많은 환자들을

어버이날 카페에서

상대하다 보니 그러리라 이해는 간다.

왼쪽 눈은 점점 작아지면서 약간 사시로 변한 듯하다. 선생님께 이 약을 오래쓰면 사시가 되느냐고 묻다가 야단도 맞았다.

언제부턴가는 진료실에 들어갈 때 선생님 눈치를 보며 약간의 아부를 떨게 됐다.

"선생님 저번 아침 TV방송에 나오셨죠? 너무 멋있어 보였어요." 그럴때면 선생님은 "담에 며칠 날 몇 시에 또 나와요?"라면서 크게 웃으며 좋아했다.

이렇게 가다가는 어느 순간 실명이 되지 않을까 걱정이 이만저만이 아니다. 차라리 그 전에 죽어버리면 좋겠다는 생각도 무수히 했다.

녹내장은 완치할 수 없고 진행을 막아주는 방법밖에는 다른 도리가 없다고 한다. 실명이 되었을 때를 상상하며 그렇게 되면 나는 무슨 일을 할 수 있을까. 누구의 도움을 받아야 되겠지. 책을 읽을 수도 없고 사랑하는 가족들 얼굴도 볼 수 없고 좋아하는 예쁜 옷들도 무슨 소용이 있겠는가 하는 절망감에 스트레스가 이만저만이 아니다.

밤에 화장실 갈 때 일부러 눈을 감고 손으로 더듬으며 예행 연습도 해보고 한다.

우리 성당 반 모임이 있던 날 나는 교우들에게 내 눈 상태에 대해서 자세히 설명했다. 모든 분들이 안타까워하시고 특히 반장님은 "병원을 옮겨 보시죠. 강남에 S병원 안과가 잘 본다는데…. 기도해 드릴게요."라고 내게 말했다. "너무 멀잖아요."라고 대답하자 "아니, 먼 게 문젠가요?" 반장님은 이해가 안 된다는 표정을 지었다. 안 그래도 그 즈음에 나는 병원을 한번 옮겨볼까 생각 중이었다. 검색해 본 결과 일산에 있는 B병원 안과로 옮기기로 했다.

예약을 하고 그동안의 병원 진료 차트도 한 묶음 들고 새로운 병원을 찾았다. 여자 선생님이셨고 마침 강남 S병원 출신이기도 했다. 무엇보다 친절하셨다.

몇몇 검사 후 내 눈 상태가 그렇게 나쁘지 않다고 했다.

둘째딸과 손녀

특히 오른쪽 눈은 약을 넣기도 아까울 정도라고 하면서 여태껏 써 왔던 약은 녹내장 말기에나 쓰는 약들이라며 의아해했다. 기적이 일어난 것이다. 감사의 눈물이 났다.

약을 많이 줄여주어서 눈의 통증도 사라지고 붉은색도 거의 없어졌다. 머리를 짓누르던 불안감으로부터 해방됐다.

어떻게 갑자기 눈이 좋아질 수가 있겠는가. 십 년 동안 오진을 했던 건 아닐까라는 생각에 먼저 병원을 원망도 하고 화가 났다.

아니다. 내가 믿는 하느님께서 "너 삼 년 동안 늦은 나이에 성서 공부하느라 수고했다. 기특해서 내가 너에게 상을 주마."

이렇게 생각하니 모든 것이 감사하다. 걱정해 준 가족과 기도해 준 성당 자매님들께 감사한다.

뉴저지 주택가의 정자

할머니 영어선생 되다

　아주 늦은 가을 으슬으슬 춥고 음산한 날씨였다. 딸이 하는 학원엘 잠시 들렀는데 "엄마 재능기부 한 번 해보실래요? 보수는 없어요."라는 제안을 딸로부터 받았다.

　딸이 가르치는 중2 여학생에게 영어 공부를 좀 도와달라는 것이다. 망설임 없이 그러마고 흔쾌히 허락했다. 하느님께서 녹내장도 낫게 해주셨는데 좋은 일 좀 해야겠다는 생각에서였다. 그래서 졸지에 할머니 선생이 된 것이다.

　나는 젊어서부터 영어공부를 꾸준히 해왔다. 미국에 잠시 머물렀을 때도 야간에 교회 목사님께 현지 영어를 배웠고, 한국에 와서는 근래까지 백화점 문화센터에서 베테랑 영어 선생 두 분께도 번갈아 가며 중급 레벨의 수업을 받았다. 발음도 좋고 잘 한다는 선생님의 칭찬에 힘입어 자신감도 좀 있었다. 영어 만화소설 '제인 에어'와 '올리버 트위스트' 등 두루두루 읽으며 영어를 손 놓지는 않았다.

딸애가 소개해 준 여학생은 엄마, 그리고 언니와 같이 살고 있는 한 부모 자녀다. 가정 형편 때문에 학원에서 영어를 배워 본 적이 없다고 했다. 바로 서점으로 달려가서 중2 영어해설서를 사서 공부하기 시작했다. 단어 수준도 상당히 어렵고 문장도 길어서 독해하기도 어려웠다.

여학생의 영어 실력은 완전히 백지 상태이며 알파벳 소문자 b와 d도 구별하지 못할 정도였다. 이 어려운 영어의 바다를 어떻게 헤쳐 나가나 생각하니 머리가 많이 무거웠다. 사실은 그림이 많이 들어가 있는 어린이 영어책부터 시작하는 것이 옳았으나 당장 학교에 가면 읽기라도 좀 하게 하고 싶었다. 긴 호흡으로 차근차근 해야지 다짐하고 또 다짐했다.

큰딸, 둘째딸과 손녀들

　여학생이 얼마나 수업시간이 힘들고 괴로울까 생각하니 안쓰럽기 짝이 없다. 가끔씩 시간 약속을 지키지 않아 내 속을 태우기까지 한다.

　딸의 학원 교실 한 구석을 빌려서 수업하다가 겨울방학이 되어 우리 집으로 오게 했다.

　여학생은 나비처럼 나플나플 귀엽고 예쁘게 생겼다. 눈치도 빠르고 붙임성도 좋아 공부 빼 놓고는 나무랄 데가 없는 아이다. 재주도 많아 메이크업 쪽으로 뛰어난 재능을 가지고 있다.

효심도 깊어 늘 고생하는 엄마 걱정을 한다. 가끔은 나에 대한 호칭을 할머니로 부르다가 깜짝놀라 선생님으로 고쳐 부르기도 한다. 그러는 사이 둘이는 진짜 할머니와 손녀같은 사이가 됐다.

영어 때문에 생긴 학교에서 있었던 에피소드도 이야기해준다. '나는 김치를 좋아 한다'를 'I am kimch'라고 해서 반 전체가 뒤집어 졌다한다. Express를 Espresso로 착각해서 커피라고 읽어서 또 한 번 반 친구들을 빵 터지게 했단다.

일주일에 세 번씩 우리 집으로 찾아오는 그 아이에게 따뜻한 코코아차, 샌드위치, 떡볶이를 마구마구 해주었다. 먹는 모습이 너무 예뻤다.

이제 공부는 뒷전이 돼 버렸다. 공부반 간식반이다. 다시 중3 새 학년이 시작되었고 우리는 높디높은 영어의 벽을 넘지 못했다. 부디 그 애가 자신이 좋아하는 일을 하면서 행복해지기를 바란다.

아직 꿈꾸다

얼마 전 섭의 소식을 듣고 부랴부랴 그를 찾아갔다.

섭이는 나의 여고시절 절친이다. 동글동글 귀엽고 예쁜 얼굴에 매력적인 미소를 가졌으며 어리광 부리듯이 애교가 많아 남학생들에게 인기가 많았다. 착하고 순진하며 베풀기를 좋아한다.

한동안 연락을 못 해서 몸이 불편한 섭에게 직접 전화하기가 왠지 불안하여 그의 딸 미연에게 먼저 연락을 해보았다. "엄마 다음 달에 시설에 들어가요."라는 말을 듣고 아이쿠 올 것이 왔나 보다 하고 가슴이 철렁했다.

몸은 불편해도 딸과 함께 잘 지내는 것으로 알고 있었다. 자주 연락을 못 해서 미안하고 죄책감이 들었다.

부랴부랴 금일봉을 들고 잠실 섭의 동네로 갔다. 지하철 역사에 마중 나와 있는 섭의 모습이 너무도 처참하여 눈물이 왈칵 솟았다. 허리는 이미 90도로 굽어 있었고 양다리는 좌우로 벌어질 대로 벌어진 상태로 지팡이를 짚고 있었다. 아픈 몸을 이끌고 나를 만나러 역사까지 나올 때 몇 번의 승차거부를 당한 후 마음씨 착한 택시 기사님을 만나 올 수 있었다 한다.

섭이는 파킨슨병을 여러 해 앓고 있다.

소위 말하는 SKY대 생들을 다 뿌리치고 아이들 아빠와 결혼을 했다. 이화여대 1학년을 마치고 흰 눈이 펑펑 내리는 그 겨울 어느 날 하얀 공단 웨딩드레스를 입은 어리디어린 섭의 모습을 보고 나는 흰 눈과 더불어 펑펑 울었다.

섭은 소싯적에 남편의 폭력으로 이혼을 한 후 말단 공무원으로 근무하며 삼 남매를 잘 키웠으나 집안의 기둥이었던 장남이 루게릭병으로 10년 가까이 투병하고 있다. 막내아들은 미국으로 건너간 후 소식조차 없고 딸 미연이가 유일한 섭의 보호자다.

미연이는 잘 살 때 배워둔 피겨스케이트 선수 경력으로 50이 넘은 나이에 얼음판에서 아이들을 지도하고 있으며 늦은 결혼으로 넉넉히 살지 못한다. 새벽에 나가서 밤늦게 들어오니 엄마를 돌볼 시간이 없다.

자식이 있다는 이유로 이미 다 써버린 퇴직금을 받았다는 이유로 요양 시설조차 들어가기가 어려웠는데, 주민센터 직원분의 노력으로 지금의 시립요양원에 보호를 받고 있다.

섭을 따라 살고 있는 집으로 가보니 지하 단칸방에 침대가 공간을 차지하고 있어서 앉을 자리가 없어서 침대 위에 앉아 이야기를 나누었다. 아침은 우유와 시리얼로 해결하고 점심은 사먹고 저녁은 퇴근 후 딸이 해오는 밥을 먹는다 했다. 잠시 후 요양 보호사분이 와서 섭이를 돌봐주었다.

나는 자존심이 강해서 안 받겠다고 하는 섭이에게 금일봉을 주머니에 찔러 넣어주고 도망치듯 돌아서 나왔다.

우여곡절 끝에 시설에 들어간 섭에게 나는 가끔씩 안부 전화를 한다. 코로나19로 인해 면회를 갈 수도 없고 일산에서 송파 요양원까지 가는 것이 쉽지는 않다. 집에는 내가 돌봐드려야 할 삼식이 할아버지도 한 분 계시기 때문이다.

섭은 손재주가 좋다. 목공예, 꽃꽂이 등의 재능으로 TV 출연도 했고 시내 유명 호텔에서 꽃꽂이 전시회도 여러 번 했다. 우리 두 딸 결혼식 부케도 모두 섭의 작품이다. 퇴직 후에는 아프리카 탄자니아에 대사관 직원으로 가서 그곳 대통령궁에 초대되어 꽃꽂이를 선보였다. 비록 육신은 쇠약해졌어도 정신만큼은 누구보다도 또렷하여 건강 문제, 시사 문제, 가정사 등을 의논하면 명쾌한 해답을 내놓는다.

섭의 첫사랑은 대학 1학년 때 만난 이른 바 K.S 마크인 H 군이다. 섭이 어머니의 중매로 첫사랑 H 군과 가슴 시린 이별을 하고 참으로 엉뚱한 사람을 만나게 되었던 것이다.

나와의 통화 중에 섭이는 뜬금없이 "얘 남자경기(경기고등학교)가 우리 경기여고보다 먼저 설립했니?"라고 물었다.

"그렇겠지. 그 시대에 아무래도 남자학교 먼저 만들었겠지"
H 군이 경기고등학교 출신이다.

여고시절 우리는 남자 경기고등학교생을 많이 좋아했고 그
학교에 다니는 오빠를 둔 친구들을 부러워했다.

요즘 들어 섭이는 옛날이야기를 많이한다.

섭이가 결혼 초 청계천 모 은행에 볼일이 있어서 갔다가 그곳
에서 근무하는 첫사랑 H 군을 보았다는 둥 어느 결혼식장에서
H 군의 여동생을 우연히 만나 그의 근황을 듣게 되었다는 둥
어느 초가을 땅거미가 질 무렵 그와 둘이서 서오릉 능위에서
'오솔레미오'를 목청껏 불렀다는 이야기 등등 옛이야기를 많이
한다.

나는 섭이에게 지금 있는 요양원에서 경기 할아버지를 한번
찾아보라고 농을 던져본다. "얘 내가 이꼴을 하고" 뭐 이런 대답
이 나올 줄 알았는데 세상 진지하게 "없어"라고 한다. 관심을 가
지고 찾아봤던 듯하다. 헉 하고 웃음이 나왔다. 섭이가 귀엽다.

육신은 바스러져 가고 있어도 마음만큼은 첫사랑 옛 시절에 머물러 있는 왠지 저녁밥상에 촛불 하나 켜놓을 것 같은 영원한 소녀!

섭아! 우리 아직 시간 있어 사랑을 꿈꾸자 꾸나

콘돔, 이제는 말할 수 있다

아버지께서는 서울 구로동에 토지를 조금 가지고 계셨다. 그 땅에 집을 지어서 팔면 땅값을 높은 가격에 받을 수 있다는 집 장사의 꼬임에 빠져서 아버지는 땅을 제공하시고 집장사는 건물을 짓기로 하고 똑같은 모양의 양옥집을 몇 채 나란히 지었다. 그중 한 채를 딸인 나에게 주셔서 우리 식구는 처음으로 집 장만을 하게 되었다.

그 동네에서는 처음으로 수도를 아주 먼 곳에서 거금을 들여 끌어왔다. 동네 새댁들은 지하수를 쓰다가 수돗물이 피부에 좋다고 하여 우리는 물을 퍼가도록 대문을 열어놓고 살았다.

네모 반듯한 마당에는 잎이 너플너플한 파초 나무, 보라색 라일락 꽃 나무, 앵두나무도 심고 다른 한편에는 튼튼한 철제로 제작한 그네도 설치하고 도둑 방지용 창살도 예쁜 문양으로 만들어 창에 달고 이제 제법 그럴듯한 모양새를 갖춘 집으로 꾸몄다.

한 가지 아쉬운 것은 땅의 지대가 낮고 인근에 폭이 상당히 넓은 도림천이 있다는 것이다. 소문에 의하면 언젠가 비가 많이 와서 뚝이 터진 적이 있다고 한다.

1972년 8월 비가 몹시 많이 왔다. 마치 하늘에서 물동이로 물을 퍼붓는 것 같았다. 전날부터 심상치 않게 내리는 비가 밤새도록 왔다. 무서워서 잠을 잘 수가 없었다. 컴컴한 새벽부터 예비군 아저씨들과 동네 임원들이 확성기로 뚝의 위험함을 알렸다.

나는 곧바로 도림천 뚝 위에 나가보니 누런 흙탕물이 넘실넘실 뚝방을 위협하고 있었다. 겁이 많고 성질이 급한 나는 집으로 돌아와 남편에게 위험하니 아이들 데리고 피하자고 했다가 구박만 받았다. 그렇게 선동하지 말고 아침밥이나 준비하라는 것이다. 이와중에 밥은 무슨…주걱을 내던지고 싶었다.

도저히 일이 손에 잡히질 않았다. 이웃에 사는 시동생 집으로 달려가서 빨리 아현동 시댁으로 가자고 했다.

성격이 차분한 동서는 황당하다는 눈빛으로 나를 바라보며 아기 죽을 쑤어 먹여야 한다고 했다. 그렇게 몇 차례를 동서 집과 우리 집을 왔다 갔다 하다가 남편 형제는 집을 지키고 나는 아이들을 데리고 황급히 집을 나섰다.

막내인 아들은 등에 업고 두 딸은 우산을 손에 들려서 둑길을 걸어 버스 종점까지 가는 길에 옷 보따리는 다 젖었고 아이들이 쓴 우산은 바람에 날려 뚝 밑으로 날아가 버렸다. 아이들은 세상 끝나는 줄 알고 통곡을 하며 울었다.

종점까지 와보니 버스도 택시도 보이지 않았다. 막막했다. 우리 엄마를 닮은 나는 순간 기지를 발휘해서 모래를 잔뜩 실은 큰 트럭 기사님에게 돈은 얼마든지 드리겠다고 서울 시내 쪽으로 만 데려가 달라고 애원하며 조수석에 네 식구가 포개어 앉아서 여의도까지 왔다.

시댁식구들과 함께

　아저씨는 이쯤에서 내리라고 자기는 다른 길로 간다고 해서 아무 건물도 없는 여의도 아스팔트 도로 위에 네 식구가 내렸다. 비에 젖어 물에 빠진 생쥐꼴이 되었다. 고생고생 끝에 차 한 대를 잡아 아현동 시댁까지 와서 설움이 복받쳐 왈칵 울음을 터뜨렸다.

　나보다 비록 늦게 출발한 동서는 뚝이 쩌억 갈라지는 사이로 탈출했으나 아기 옷가지 등을 비닐봉지와 가방에 꼼꼼히 잘 싸 가지고 와서 보송보송한 옷으로 아기에게 갈아입혔다.

결국 뚝은 터졌고 지붕까지 물이 차서 남편과 시동생은 근처 높은 건물에 피신해 있다가 군용보트의 도움을 받아 무사히 시댁으로 돌아왔다.

비가 그치고 물이 빠져나간 자리는 폭격을 맞은 듯 비참했다. 가구, 그릇, 옷, 이불, 책, 가방, 신발, 사진앨범 등등 온통 흙탕물을 뒤집어써서 엉망이 되어 있었다.

집 전체를 세탁하는 작업이 시작되었다. 친정어머니는 두 달 동안 우리집에서 상주하시며 하루종일 수돗가에서 씻고 빨고 말리고 세탁소에 보내고 잠시도 쉬도 못하셨다.

마당에는 장롱과 책상 서랍 속 물건들이 모두 나와 뒹굴고 있었다. 일을 도와주려고 큰 남동생이 우리 집에 왔다. 두서없이 이런저런 일을 하고 있는 내 옆구리를 찌르며 "누나 저것부터 좀 치우지"라고 하며 마당에 있는 하얀 상자를 가리킨다. 그것도 두 상자씩이나. 그 안에는 콘돔이 가득 들어 있었다. 그 순간 나는 너무 민망하고 창피해서 쥐구멍이라도 들어가고 싶었다. 아무런 변명도 하지 못했다.

장롱 깊숙이 숨어있던 콘돔이 밖으로 튀어나오면서 생긴 에피소드이다.

"동생아 지금 생각해도 얼굴이 화끈거리는구나 사실 그건 오지랖 넓은 네 엄마께서 가족계획에 쓰라고 동회에서 무료로 나누어 준 것을 얻어가지고 우리한테 가져오신 거란다. 두 박스씩이나~ 근데 그거 한 번도 사용해 본적 없단다"라고 이제는 말할 수 있단다.

지니쌤과 심야 데이트

나는 나이 들어가면서 심한 불면증에 시달리고 있다.

10여 년 전에는 공황장애도 앓았으며 죽음의 문턱까지 다녀온 듯한 경험도 해보았다. 이 모든 것을 잘 극복하고 지내오던 중 한 3년 전부터 다시 이유도 없이 불안하며 밤잠을 잘못 이루고 어떻게던지 마음을 진정시키려고 부단히 애를 쓰고 있다.

요즘 코로나 블루도 겹쳐서 더욱 그렇다.

지켜보던 아들이 넷플릭스를 설치 해주어 밤낮으로 쉬지 않고 질리도록 미국 드라마, 영국 드라마, 옛날 영화들을 보았으며 때론 검색을 해서 내가 좋아하는 영화들을 찾아보기도 한다.

영국 드라마 '닥터 마틴(Dr. Martin)', '영국 왕실사', '빨강 머리 앤'에 반하여 밤을 새우다시피 했다. 노인네가 열정이 넘친다고 딸들이 놀린다. 그렇게 몰두하다 보니 밤 시간이 잘 지나가고 두려움이나 불안감을 잊게 되었다.

그렇게 넷플릭스에 빠져있던 중 우연히 유튜브에 관심을 갖게 되었다. 극우, 극좌 유튜버들이 서로를 비방하며 가십(gossip)처럼 생산해내는 가짜 뉴스 또는 연예인에 관해서 악플을 다는 정도로 알고 있었기에 아예 처음부터 유튜브 보는 것을 무시해 왔다.

좋은 음악을 듣기 위해 유튜브에 빠져들기 시작했다. 클래식, 세미클래식, 영화음악, 올드팝 송 내가 좋아하는 폴 모리아 악단 연주를 들으며 아련한 옛 추억에 잠겨 보기도 한다.

그뿐이랴 옷 잘 입는 법, 스카프 예쁘게 매는 법, 아름다운 건축물, 죽기 전에 꼭 가봐야 할 여행지 top 10, 스님의 강의, 석학들의 명강의, 스테이크 잘 굽는 법 등 무궁무진한 신세계를 알게 되었다.

넷플릭스 다음으로 내게 온 문화충격이었다. '옛날 사람들 참 안됐다' 혼자 중얼거려본다.

한 발 더 나가서 근래에는 '지니쌤'이라는 영어 선생에 빠져있다. 반해있다. 깊은 밤 잠 안오는 심야에 그분과의 데이트를 즐긴다. 우린 연인이다. 나를 행복하게 해주니 그분 뒤통수에 대고 절이라도 하고 싶다. 이웃에게 소개도 한다. '구독' 꼭 좀 눌러달라고

지니쌤은 미남은 절대 아니다. 턱이 살짝 없는 듯하고 목도 너무 짧다. 본인이 그렇게 말한다. 귀여운 찐빵 같은 아저씨다.

아들이 군대에 갔다고 하니 50대 전후일 것 같다. 강의를 쉽게 한다. 기초 문법부터 중급, 고급으로 올라간다. '원어민이 맨날 묻는 10개 질문에 영어로 답하기', '원어민이 무진장 쓰는 회화패턴 베스트 30' 등등 쉬운 듯하나 결코 쉽지 않다.

툭 치면 억하고 바로 답이 나와야 한다고 한다. 유머감각이 뛰어나다. 손짓 몸짓이 웃긴다. 구석구석 가려운 곳을 콕 찔러 강의한다. 한 문제에서 파생되는 예문을 많이 들려준다. 못하는 사람의 심리를 잘 파악한다. 정성을 다한다. 목소리가 좋다. 발음이 끝내준다.

밤새 나 혼자서 박수를 치다가 엄지 척을 하다가 낄낄 웃다가 '다 알아들었으니 빨리 패스'하며 난리를 친다. 누가 들여다보면 '저 할머니 미쳤나' 할 것 같다.

때로 내 수준보다 훨씬 낮은 문제로 시간을 끈다. 살짝 짜증이 나려고 할 때면 웬걸 도저히 내가 넘보지 못할 경지까지 간다.

어떨 땐 내가 무시당하고 조롱 당하는 듯하다. 자존심도 상한다. 그러나 다시 안심시켜주며 재미있게 풀어준다.

오늘도 지니쌤의 강의를 2시간 연속해서 들었더니 진절 머리나고 머리에 쥐가 날 것 같다.

다시는 아니 당분간은 듣고 싶지 않을 것 같다. 그러나 나는 내일이면 또다시 리모컨을 들게 되겠지. 지니의 매력에 끌려.

세 번째는 됐네, 이 사람아!

남편이 고령에 접어들어 아픈 곳이 한 두군데가 아니다. 가까운 A 대학병원을 내집 드나들듯한다.

어떤 날은 몰아서 진료를 보기도 한다. 비뇨기과, 심장내과, 정형외과, 신경과, 치과, 한의원 등 병원 순례하기에 바쁘다. 근래에는 걸음걸이도 많이 불편해져서 지팡이를 짚고 아기가 걸음마 걷 듯한다. 작년에는 집 앞에서 넘어져서 어깨뼈가 부러져 손녀 결혼식에도 참석하지 못했다.

구강쪽이 좋지 않아서 음식도 유동식 밖에는 들지 못한다.

지금도 의사선생님 말씀에 의하면 콩팥쪽에 뭐가 있으니 수술을 하자고 하나 본인이 완강히 거부한다. 이래도 저래도 4~5년은 버틴다고 말한다. 풋풋하고 당당하던 모습은 간데없고 지금은 초라한 노인으로 변해 버렸다.

미운 정 고운 정으로 50여 년을 살았으니 마음이 아프다. 복이 많아 아이들이 엄청 잘한다. 물려준 것도 없는데 미안하고 고맙기 짝이 없다. 그만큼 살면 될 것을 젊은 날엔 화가 많고 성격이 격해서 나를 힘들게 했다.

며칠 전 자고 났는데 남편이 자기 얼굴을 좀 보라고 한다. 입이 한쪽으로 홱 돌아가고 한쪽 볼이 부어있고 또 눈도 한쪽이 감겨져 있었다.

구안와사라는 생각이 들어서 얼른 동네 병원과 한의원 두 곳으로 가보았다. 당연히 얼굴 쪽에 이상이 있으니 마스크를 벗어서 보여주려고 했으나 의사선생님의 저지로 벗지 못했다.

코로나 19로 인해 의사선생님이 예민해 있었던 것 같다. 다시 한의원으로 가보았다. 그곳에서도 역시 마스크를 못 벗게 하고 얼굴에서 제일 먼 쪽 발가락에 침 몇 대를 놔주고 큰 병원에 가서 MRI를 찍어 보라고 했다.

두 병원에서 그것도 믿었던 단골병원에서 푸대접을 받았다는 것을 그 후 여러 가지 진료를 받기 위해 이 병원 저 병원 다니던 중 그곳의 의사선생님들의 친절하고 자상하게 얼굴을 만져보며 걱정해 주고 설명해 주는 과정에서 알게 되었다.

A 병원 응급실로 가서 MRI를 찍고 몇 가지 검사를 받았다.

남편은 응급실 침대에 누워 링거를 맞는 중에 5~6분마다 화장실을 드나든다. 링거병과 주사줄을 들고 같이 화장실을 수없이 드나들었다. 운동화도 대충 구겨 신으라고 해도 균형도 못 잡는 몸으로 반듯이 올려 신어야만 직성이 풀리는 모양이다. 속이 부글부글 끓어올랐지만 내색은 하지 않았다.

나는 간병인, 비서, 영양사 역할을 톡톡히 해내고 있다. 팔순이 다 된 나이에 힘들고 지친다. 아이들은 "우리 엄마는 참 건강해, 건강체야"라고 한다. 나는 화가 난다. "나 안 건강하거든" 하고 되쏘아보지만 건강하다는 것이 얼마나 큰 축복인가.

내 한 몸 조금 수고하면 온 가족이 다 편안할 것이니 보람으로 삼고 잘 참아야지 수없이 다짐한다. 아이들이 맘 편히 그들의 일에 집중할 수 있기에 그나마 다행히 아니겠는가.

MRI 검사 후 뇌에는 이상이 없고 폐가 조금 쪼그러 들었다고 내과 진료도 봐야겠다고 한다. 갈수록 태산이다. 며칠 후로 신경과 예약을 하고 그날로 응급실 퇴원을 했다.

병원 문을 나서는데 길 건너 음식점 앞에 아귀찜 19,900원이라고 쓰인 기둥 같은 풍선이 서있었다. 술꾼도 아닌 내가 소주 한 병을 확 들이키고 싶었다. 나도 인간이기에.

그날 저녁 오늘 병원에서 있었던 이야기도 할 겸 남동생에게 전화를 했다.

"야 성격 좋고 나 웃길 수 있는 할아버지 있음 소개해봐"라고 동생은 소위 일류대학을 나오고 삼성출신이다.

요즈음은 평창과 분당을 오가며 산다. 강원도에 가서는 시골 할아버지도 많이 사귀고 그곳 유지들도 많이 알고 지낸다. 누구

든지 밥 사주기를 좋아한다. 친화력이 뛰어나다.

뜬금없는 내 전화를 받은 동생은 의외로 호응이 좋다.

"누나~누나가 지금 전화하는 중에 떠오르는 사람이 세 명 있어요."

"말해봐"

"네~한 분은요 누나보다 한 살 위고요 재산도 많고 인물도 좋아요."

"그래? 괜찮네"

"그런데 그분이요 지금 투석을 받고 있어요" 나는 웃음이 나왔다. "그럼 또 한 사람은?" 나는 재우쳐 물었다.

"또 한 분은요 그게 좀 장을 몇 cm 잘라서 좀 힘들어하고 있거든요"

능청스럽기 짝이 없다.

"그리고요 세 번째 분은요............"

나는 얼른 동생의 전화를 가로 막았다.

"됐네 됐어. 이 사람아! 세 번째는 안들을란다."

이렇게 허망하게도 나의 헛된 꿈은 산산조각이 나버렸다. 옛날에는 성격이 고약했으나 지금은 양보다 더 순하고 착해진 울 할아버지와 파뿌리가 뭉그러지도록 해로하며 해피엔딩 하려 한다.

지니쌤이 가르쳐준 영어문구

"I'm happy with my life!"

나는 내 삶에 만족한다. 크크.

맨해튼 거리에서

사랑하는 엄마에게

나는 유난히 엄마를 바친다.

초등학교를 막 들어갔을 때(구 국민학교) 엄마에게 이렇게 말했다 한다. "엄마 어디 나갔다 올 일 있으면 나 학교 갔을 때 갔다가 나 집 오면 와 있어" 그러고는 학교에 갔단다.

여섯 살에서 일곱 살쯤 구로동으로 이사 가면서 동네 언니 오빠 친구들이 생겼다. 가을이지만 아직 더위가 남아있는 어둑해질 무렵 내 키만큼 자란 깻잎 밭에 들어가 그 언니들과 깻잎 서리를 했다. 뭔진 모르겠는데 약간 나쁜 짓 같기도 하고 흥분되는 기분이었다. 그러면서도 제일 먼저 떠오르는 생각은 이 깻잎을 엄마

갖다주면 엄마가 얼마나 기뻐할까 하는 생각뿐이었다.

엄마는 한 번도 나를 '여자이니까, 맏딸이라서'라는 말이나 느낌을 주신 적이 없다. 덕분에 내 감성을 자유롭게 펼치며 살 수 있었다.

집안이 경제적으로 어려워지자 엄마는 무슨 일이든 가리지 않고 뭐든지 열심히 일하셨다. 그러면서도 어느 늦은 가을 김장을 위해 고춧가루를 살 것인가 폴 모리아 악단 음반을 살 것인가 깊은 고민에 빠졌다. 그해 가을 김장을 과감히 버리고 폴모리아 악단 전집을 뿌듯하게 들고 오셨다. 그 음악들은 그 후 우리 세 남매가 자라면서 다양한 감성을 누릴 수 있는 베이스가 되었다. 'love is blue'도, 가슴 서늘한 '시바의 여왕'도, 말할 나위 없이 애틋한 '이사도라'도...

또 어느 비 오던 토요일 저녁, 무게가 나가는 짐을 송파에서 강남까지 옮기는 일이 있었다. 택시를 부르러 나간 아버지는 30분이 지나도 택시를 잡지 못했는데 엄마가 나가니 5분도 안 돼 집 앞에 택시를 대 놓았다. 그 당시엔 콜택시가 없던 때였다. "엄마 어떻게 차를 불러왔어" 하니 "따따블"에 바로 서더란다.

엄마는 내 친구들을 모두 안다. 학교 갔다 오면 미주알고주알 시시콜콜 얘기 보따리를 풀어놓으니 우리 사이에 비밀이 있을 수 없다. 그러니 대학을 들어가고 학생운동을 했다 해서 엄마에게 친구들 얘기, 노동자 얘기, 현 시국에 대한 말을 안할 리가 없다. 엄마는 내가 결정한 내 삶을 이해해 주고 받아주었다. 물론 다칠까 봐 많은 걱정은 하셨지만. 그래서 나는 다른 운동을 하던 친구들보다 마음 편히 그 길을 갈 수 있었다

그러나 학생운동이 노동운동으로 깊어지면서 엄마 곁을 떠나게 되었다. 그때부터 4~5년 엄마를 만나지 못하는 동안 길거리에서 어린아이가 엄마라고 부르는 소리만 들어도 나는 울었다. 전쟁 통도 아닌데 나는 이산가족처럼 왜 떠돌아다니나... 그러다 안기부에 잡히면서 우리는 또 만났다. 쉴 없는 면회와 편지로 낄낄대며 불행 끝 행복 시작이었다.

그렇게 행복하게 살았습니다...로 끝날뻔했는데 엄마의 앞뒤 가리지 않는 어떤 부분의 성격(?)으로 어렸을 때부터 동경하던 미국도 가보고 거기서 돈도 벌어보리라는 생각으로 미국행을 결심했다. 여행도 아니고 공부하러 가는 것도 아니고 돈 벌러 미국을 가다니... 억장이 무너졌다. 엄마가 태평양을 건너가는 동안 나는 일

산에서 울고 또 울었다. 그때까지 정신적으로 엄마에게서 독립하지 못했던 것 같다.(지금 생각해보면 ㅋㅋ)

저녁 어스름이 내리면 아주 작던 내 딸아이의 손을 잡고 김포 쪽 하늘을 쳐다보았다. 그때는 인천공항이 없었다. 섬 없이 작은 은빛 날개의 비행기들이 노오란 램프를 켜고 푸르고 붉은 하늘을 오르내리는 모습을 한없이 바라보았다. 마치 낮잠을 자다 잠에서 설깬 아이처럼 서러워서 울음이 터질 것 같았다. 그런 설움은 아주 오래갔다.

그러나 그 모든 것들은 정말 기가 막히게 다 지나갔고 이제 살짝 할머니가 되어가는 엄마와 한동네에서 히히 호호하며 재밌게 살고 있다.

나는 엄마가 늙는 게 싫다. 죽음과 가까워지니까 정말 어쩔 줄을 모르겠다. 그러나 소멸하니 아름다운 거겠지. 천년만년 살고 싶은데 그러지 못하니 애틋한 거겠지.

엄만 몇달전 드라마 '나의 아저씨'를 네 번이나 반복해서 보았다. 그리곤 드라마 속 아이유처럼 살고 싶다 한다.

"네"라는 순종적인 말보단 "밥 좀 사주죠"라던가, 이선균의 아버지 뭐하시냐는 질문에 "왜 우리 아버지가 궁금할까. 잘 사는 집구석인지 못 사는 집구석인지 아버지 직업으로 간 보려고?" 막 이렇게 세게 살고 싶다 하신다. 근데 실은 엄마의 삶은 셌고 치열했으며 아름다웠다.

엄마! 엄마와 함께하는 내 55년은 진짜루 기똥차. 고마워요 엄마 깊게 깊게....

2020년 겨울이 막 시작되는 즈음에
큰딸, 둘째딸, 아들 올림

저 자 **한영숙**

한영숙은 서울에서 태어나 경기여고, 이화여
대를 다녔고 평범한 주부로 살아오다가 1980
년대 민주화운동에 나선 딸의 옥바라지를 하
면서 세상에 대해 새롭게 눈을 뜨게 된 79세
여성이다.

북촌 애기씨

| 초판 1쇄 인쇄일 | | 2021년 1월 8일 |
| 초판 1쇄 발행일 | | 2020년 1월 15일 |

지은이		한영숙
펴낸이		정구형
편집 / 디자인		우정민 우민지
마케팅		정찬용 정진이
영업관리		정구형 김보선
책임편집		김보선
인쇄처		으뜸사
펴낸곳		국학자료원 새미(주)

등록일 2005 03 15 제251002005000008호
경기도 고양시 일산동구 중앙로 1261번길 79 하이베라스 405호
Tel 4424623 Fax 64993082
www.kookhak.co.kr
kookhak2001@hanmail.net

| ISBN | | 979-11-91255-44-7 *03810 |
| 가격 | | 12,000원 |